Thomas Brezina • Ein UFO namens Amadeus

DIE KNICKERBOCKER BANDE

OMNIBUS

DER AUTOR

Foto: Studio Zeggl

Thomas Brezina wurde 1963 in Wien geboren. Er lebt mit seinen Hunden Butzi und Daffi in einem chinesischen Haus am Stadtrand von Wien oder in London. Er hat bereits an die 170 Kinder- und Jugendbücher geschrieben, die weltweit von Millionen Lesern verschlungen wurden. Sein Motto: »Lesen soll ein Abenteuer sein und Spaß machen.« Durch die Bücher von Thomas Brezina entdecken viele Kinder die Freude am Lesen.
Großer Beliebtheit erfreuen sich auch seine Fernsehsendungen und Hörspiele. Die Knickerbocker-Bande ist erfolgreich verfilmt worden.

DIE SERIE

Die Knickerbocker-Bande besteht aus:
Axel (13, der Kleinste seiner Klasse, aber eine Sport-Kanone)
Lilo (13, Ski-Ass, Bergsteigerin und Krimi-Fan; schert sich nicht darum, dass Zöpfe aus der Mode sind, und ist das Superhirn der Bande)
Poppi (9, Tierfreundin und Besitzerin eines eigenen Mini-Zoos, der immer größer wird)
Dominik (10, Leseratte und Wissensspeicher, der außerdem bereits in Filmen und Musicals mitgespielt hat).
Die vier sind nicht nur gute Freunde, sondern auch Junior-Detektive, die viele Fälle in aller Welt gelöst haben. Ihr Motto: Vier Knickerbocker lassen niemals locker!

ÜBER DIESES BUCH

Axels Großmutter wird in ihrem Haus in Salzburg von einem kleinen, grässlichen, grünen Wesen in Angst und Schrecken versetzt. Handelt es sich dabei vielleicht um einen Außerirdischen? Über der Stadt wurden in letzter Zeit einige UFOs gesichtet. Eine heiße Spur führt die Knickerbocker-Bande in eine verfallene Gruft…

Thomas Brezina

DIE KNICKERBOCKER-BANDE

Ein UFO namens Amadeus

Illustrationen Atelier Bauch-Kiesel

OMNIBUS

LILO

AXEL

POPPI

DOMINIK

OMNIBUS

Der Taschenbuchverlag
für Kinder und Jugendliche
von C. Bertelsmann,
München

Band 20111

Siehe Anzeigenteil am Ende des Buches
für eine Aufstellung der bei OMNIBUS
lieferbaren Titel der Serie.

Umwelthinweis:
Dieses Buch wurde auf chlorfrei gebleichtem Papier gedruckt.

Genehmigte Taschenbuchausgabe August 1993
Gesetzt nach den Regeln der Rechtschreibreform von 1996

Die Originalausgabe erschien im Neuen Breitschopf Verlag,
Wien-Stuttgart

Umschlagkonzeption: Klaus Renner, unter Verwendung
einer Zeichnung des Ateliers Bauch-Kiesel
Herstellung: Stefan Hansen
Satz: Uhl + Massopust, Aalen
Druck: Presse-Druck Augsburg
ISBN 3-570-20111-2
Printed in Germany

10 9 8 7 6 5 4 3

Inhalt

DIE KNICKERBOCKER BANDE

NAME: AXEL KLINGMEIER
SPITZNAME: FRÜHER SCHRUMPF-KOPF, GNOMI, ZWERGI, STUMMEL, PFLAUME
ALTER: 13 JAHRE
STERNZEICHEN: STEINBOCK
HOBBYS: WECHSELN WÖCHENTLICH, HABEN ABER OFT MIT SPORT ZU TUN
LIEBLINGSSPEISE: ALLES
BESONDERE KENNZEICHEN: BIN DER KLEINSTE UNTER MEINEN MITSCHÜLERN UND DESHALB OFT VERSPOTTET WORDEN. HEUTE TRAUT SICH DAS KEINER MEHR, WEIL ICH TRAINIERT HABE UND DER BESTE SPORTLER DER SCHULE GEWORDEN BIN!

NAME: LIESELOTTE (LILO) SCHROLL
SPITZNAME: SUPERHIRN
ALTER: 13 JAHRE
STERNZEICHEN: KREBS
HOBBYS: SKIFAHREN UND BERGSTEIGEN
LIEBLINGSSPEISE: CHINESISCHES ESSEN (ICH KANN SOGAR MIT STÄBCHEN ESSEN)
BESONDERE KENNZEICHEN: HABE ZWEI BLONDE ZÖPFE, AUF DIE ICH BESONDERS STOLZ BIN. VERSCHLINGE JEDEN KRIMI, DER MIR IN DIE HÄNDE FÄLLT, UND SCHAUE MIR TRICKS VON PROFIS AB.

NAME: PAULA MONOWITSCH
SPITZNAME: POPPI (PAULA FINDE ICH EINEN HORRORNAMEN)
ALTER: 9
STERNZEICHEN: FISCH
HOBBYS: MEINE TIERE
LIEBLINGSSPEISE: FRUCHTSALAT UND MELONEN, ABER KEIN FLEISCH
BESONDERE KENNZEICHEN: ICH BESITZE EINEN MINIZOO MIT ZWEI HUNDEN, EINEM PAPAGEI, DREI KATZEN, KANINCHEN, GOLDFISCHEN, RATTEN UND EINEM WEIHNACHTSKARPFEN, DEN ICH VOR DER PFANNE GERETTET HABE. UND ES KOMMEN OFT TIERE DAZU.

NAME: Dominik Kascha
SPITZNAME: Hamlets Vater
ALTER: 10 Jahre
STERNZEICHEN: Waage
HOBBYS: Lesen. Ich merke mir fast alles, was ich einmal gelesen habe. Für die Bande sehr nützlich.
LIEBLINGSSPEISE: Spaghetti
BESONDERE KENNZEICHEN: Meine Eltern sind Schauspieler und auch ich stehe bereits auf der Bühne und vor der Filmkamera. Allerdings spreche ich zuweilen sehr kompliziert, was die anderen oft auf die Palme bringt.

Der Name

Knickerbocker-Bande ...

... entstand in Österreich. Axel, Lilo, Poppi und Dominik waren die Sieger eines Zeichenwettbewerbs. Eine Lederhosenfirma hatte Kinder aufgefordert, ausgeflippte und knallbunte Lederhosen zu entwerfen. Zum großen Schreck der Kinder wurden ihre Entwürfe aber verwirklicht und bei der Preisverleihung mussten die vier ihre Lederhosen vorführen.

Dem Firmenmanager, der sich das ausgedacht hatte, spielten sie zum Ausgleich einen pfiffigen Streich. Als er bemerkte, dass er auf sie hereingefallen war, rief er den vier Kindern vor lauter Wut nach: „Ihr verflixte Knickerbocker-Bande!“

Axel, Lilo, Dominik und Poppi gefiel dieser Name so gut, dass sie sich ab sofort die Knickerbocker-Bande nannten.

Knickerbocker-Motto 1 ...

Vier Knickerbocker lassen niemals locker!

Knickerbocker-Motto 2 ...

Überall, wo wir nicht sollen,
stecken wir die Schnüffelknollen,
sprich die Nasen, tief hinein,
es könnte eine Spur ja sein.

Knarren, Kratzen, Schaben, Schreien ...

Pauline Pomassl saß kerzengerade in ihrem Bett und starrte zur Zimmerdecke. Mit beiden Händen knetete sie unruhig den Rand ihrer Bettdecke.

Gegen Mitternacht hatte sie ein Knarren und Kratzen geweckt. Das Geräusch kam zweifellos vom Dachboden, der sich direkt über dem Schlafzimmer befand. Zuerst hatte Frau Pomassl an Siebenschläfer gedacht, die über ihrem Kopf Fangen spielten. Doch nach langem Lauschen war sie zu dem Schluss gekommen, dass es sich doch um etwas anderes handeln musste.

Das Schaben und Scheuern der kleinen Siebenschläferpfoten klang feiner und heller. Da sie diese possierlichen Tiere schon mehrmals „zu Gast" gehabt hatte, wusste sie Bescheid.

Die Laute, die sie nun auf dem Dachboden hörte, musste ein größeres Wesen erzeugen. Aber welches?

Die alte Dame mit den langen, weißen Haaren horchte weiter. Tagsüber hatte sie ihr Haar zu einem strengen, kleinen Knoten zusammengerollt und aufgesteckt. In der Nacht fiel es in seiner vollen Länge über ihre Schultern. Mit einer schnellen Handbewegung drehte sie es zu einer dicken Strähne und warf es über die Schulter. Dabei zitterten ihre Finger.

Pauline Pomassl gehörte eigentlich zu den unerschrockenen Menschen. Doch die Vorkommnisse auf ihrem Dachboden waren ihr nicht geheuer. Ein merkwürdiges Gefühl der Furcht hatte sie beschlichen. Die alte Dame fröstelte und zog ihre dünne, selbst gestrickte Nachtjacke enger an sich.

Draußen säuselte der Wind. Der geheimnisvolle Besucher im obersten Stockwerk begann nun zu tanzen. Die leisen Schritte hatten einen bestimmten Takt angenommen. Sprung, Sprung, langer Schritt! Sprung, Sprung, langer Schritt!

Die alte Frau Pomassl fasste einen Entschluss: Sie wollte nun aufstehen und auf den Dachboden steigen. Wer auch immer dort oben sein Unwesen trieb, sie musste ihn sehen.

„Vorher kann ich doch nicht einschlafen", sagte sie laut. Gerade als sie aus dem Bett schlüpfte und in ihre dicken Filzpantoffel fuhr, brach der Spuk schlagartig ab. Kein Knarren, kein Kratzen, kein Schaben mehr. Stille.

„Pauline Pomassl, du hast dich wahrscheinlich vor einem quietschenden Dachfenster gefürchtet!", sagte sie streng zu sich. So ganz glaubte sie aber nicht daran. Trotzdem kroch sie wieder unter ihre Decke und seufzte erleichtert.

Poch, poch, poch! Jemand klopfte gegen das Fenster. Frau Pomassl schoss in die Höhe. Draußen war nichts zu sehen. Wer sollte auch in den ersten Stock eines Hauses klettern, um bei ihr anzuklopfen?

Klopf, klopf, klopf! Wieder klirrte die Scheibe. Die alte Dame starrte erschrocken in die Dunkelheit. Sie knipste ihre Nachttischlampe an und richtete sie auf das Fenster. Am liebsten hätte sie nun laut geschrien. Aber aus ihrem Mund kam nur ein heiseres Krächzen. Im Lichtschein entdeckte sie an der Scheibe ein Gesicht. Von der Größe her hätte es einem Kind gehören können, doch nicht vom Aussehen. Die Haut der Fratze schimmerte grünlich-gelb. Das Haar war grau-blau. Das Entsetzlichste daran war aber, dass dieses gespenstische Wesen verkehrt – Kopf nach unten – vom Dach herabhing.

Zwei dunkle Augen glotzten Pauline bösartig an. Die alte Frau presste die Hand auf die Brust. Ihr Herz pochte wild und laut.

Das Gesicht an der Scheibe verzog sich zu einem widerlichen, schaurigen Grinsen. Die Nasenlöcher wurden aufgebläht und die Augen verengten sich zu schmalen Schlitzen. Aus dem verzerrten Mund drang ein schriller, hoher Schrei. Gleich darauf stürzte das grüne Ungeheuer in die Nacht.

Frau Pomassl japste nach Luft. Mit bebender Hand tastete sie nach dem Glas Wasser, das sie immer auf ihrem Nachttisch stehen hatte. Sie nahm einen großen Schluck und atmete tief durch. Dann fasste sie Mut und schwang sich aus dem Bett. Obwohl ihre Beine zitterten, ging sie mit energischen Schritten zum Fenster. Sie riss es auf und blickte in den Garten hinunter. Genau unter dem Schlafzimmerfenster befand sich ein Rasenstück. Pauline holte ihre Taschenlampe und leuchtete es ab.

Verdutzt ließ sie sich auf einen Sessel sinken. Hatte sie das alles nur geträumt? War das vielleicht doch kein Kopf gewesen? Unten im Garten war nichts zu erkennen. Von dem seltsamen, grünlich-gelben Wesen keine Spur. Es musste sich bei diesem Sturz doch verletzt haben. Wohin konnte es nur so rasch verschwunden sein?

Frau Pomassl wankte wieder ins Bett. Schlaf würde

sie in dieser Nacht keinen mehr finden. Das war ihr klar. Doch was sollte sie tun? Würde ihr die Polizei diese Geschichte glauben?

Die halten mich bestimmt für eine spinnende Alte, überlegte sie. Das hat keinen Sinn. Nach kurzem Nachdenken fiel ihr schließlich eine andere Lösung ein.

Gleich morgen rufe ich ihn an, beschloss sie. Gleich um sieben Uhr in der Früh, da erwische ich ihn bestimmt. Der Gedanke daran beruhigte sie ein wenig. Und so kam sie schließlich doch noch zu einigen – wenn auch unruhigen – Stunden Schlaf.

Der Außerirdische unter der Dusche

Es war kurz vor sieben Uhr in der Früh. Im dritten Stock eines Wohnhauses in Linz tappte ein Junge verschlafen ins Badezimmer. Seine kurzen, roten Haare standen wirr nach allen Seiten. Die Augen konnte er noch immer nicht richtig öffnen. Der Krimi gestern im Fernsehen war einfach zu spannend gewesen. Dummerweise hatte er fast bis Mitternacht gedauert.

Der Junge warf einen flüchtigen Blick in den Badezimmerspiegel und streckte die Zunge heraus.

„Bäääää! Ich kenne dich zwar nicht, aber ich putze dir trotzdem die Zähne!", sagte er zu seinem Spiegelbild.

„Axel! Beeilung! Tempo! Tempo! Sonst kann ich dich nicht bis zur Schule mitnehmen. Ich muss heute pünktlich im Geschäft sein!", rief seine Mutter aus der Küche.

„Jaaaa!", antwortete Axel und sprang unter die Dusche. An dem Duschkopf baumelte ein kleines, gelbes Radio. Absolut wasserdicht. Darauf war Axel sehr stolz. Es war ein Geburtstagsgeschenk seines Vaters. Er drehte den Knopf auf volle Lautstärke, damit er im Rauschen des Wassers noch etwas hören konnte.

Boing! Der Radiogong verkündete die volle Stunde. „Sieben Uhr. Heute ist Mittwoch, der 7. April", ertönte die Stimme des Nachrichtensprechers. Von einem Staatsbesuch, einer Preiserhöhung und einem interessanten Fund hatte er heute zu berichten.

Die letzte Nachricht ließ Axel erstaunt aufhorchen.

„Salzburg: In der vergangenen Nacht wurde abermals von mehreren Augenzeugen ein UFO am Rande der Stadt Salzburg beobachtet. Es wird als flache, graue Scheibe mit einer aufgesetzten Kuppel beschrieben. Über die Größe des Flugobjekts schwanken die Angaben. Zum vierten Mal in den vergangenen drei Wochen ist damit ein unbekanntes Flugobjekt über der Stadt Salzburg aufgetaucht."

Viele Grüße von Mr. Spok und Käpten Kirk, dachte Axel. Er ließ das Shampoo auf seinem Kopf aufschäumen und formte aus den Haarsträhnen viele kleine Stacheln. Die beiden Duschhauben seiner Mutter befestigte er an den Ohren. Nun hatte er große Ähnlichkeit mit einem Elefanten im Punker-Look.

„Axel?" Frau Klingmeier riss die Badezimmertür auf, um nach ihrem Sohn zu sehen. Sie war an diesem Morgen äußerst nervös.

„Gamma Delta Überraum-Kommandant Axel X Ypsilon meldet sich zur Stelle", schnarrte jemand blechern hinter dem Duschvorhang.

„Axel?" Seine Mutter warf verwundert einen flüchtigen Blick hinter den Vorhang. Waren dort vielleicht die Außerirdischen gelandet?

Als sie den rotzackigen Axel anblickte, stieß sie einen spitzen Schrei aus und zuckte zurück. Am nun folgenden Gekicher erkannte sie dann ihren Sohn unter der Maske des UFONAUTEN.

„Du Mondkalb, ich habe dir mindestens siebenmal mitgeteilt, wie eilig ich es heute habe", schimpfte sie.

Frau Klingmeier kannte aber einen Trick, mit dem sie Axel sofort aus der Dusche holen konnte. Langsam ließ sie ihre Hand hinter den Duschvorhang zum Wasserhahn gleiten. Ihr Sohn war so mit sich beschäftigt, dass er nicht merkte, wie sie das kalte Wasser voll aufdrehte.

„Ahhh . . . ist das kalt!“, schrie er eine Sekunde später. Er hechtete aus der Badewanne und prallte gegen seine Mutter. Der Erfolg: Nun war auch sie von oben bis unten nass!

„Jetzt kann ich mich wieder umziehen! Dabei muss ich in drei Minuten los. Du . . . du . . . du bist unmöglich!“, rief sie und rannte wütend aus dem Bad.

Axel blickte ihr mitleidig nach. Das hatte er nicht gewollt.

Im Vorzimmer klingelte das Telefon. Der Junge schlüpfte in seinen Bademantel und stürmte hinaus.

„Axel Klingmeier, hallo?“, rief er in den Hörer.

„Guten Morgen, Axel. Ich bin's. Oma!“

„Tag, Oma, was verschafft uns das Vergnügen?“

„Nun reicht es mir. Schau selbst, wie du in die Schule kommst. Ich fahre jetzt.“ Frau Klingmeier riss wutschnaubend ihren Mantel vom Haken und verließ die Wohnung.

Axel rief ihr noch nach: „Servus, Mami, bis heute Abend!“ Aber das hörte sie nicht mehr. Ihre Nerven waren zur Zeit sehr gereizt.

„Was war denn? Hat es Ärger gegeben?“, erkundigte sich die Großmutter am anderen Ende der Leitung.

Axel wollte seine Oma nicht unnötig aufregen. „Nein, nein. Mama hat nur den Schlüssel vergessen.“

„Ach so. Aber Axel, ich wollte euch etwas fragen.“

„Bin ganz Ohr, Oma!“

„Was macht ihr denn in den Osterferien? Die beginnen doch am kommenden Samstag.“

„Mami hat nur zu den Feiertagen frei und ich darf nach Wien fahren. Zum Dominik. Du weißt schon, das ist einer von der Knickerbocker-Bande. Er war auch dabei, als wir das Schneemonster* entlarvt haben."

„Ach so, verstehe . . . " Die Stimme der alten Dame klang enttäuscht. Axel fiel das sofort auf. Noch etwas hatte er bemerkt. Oma erschien ihm irgendwie zittrig. Und so ungewohnt sanft.

„Du, Oma, ist irgendetwas?", erkundigte er sich.

Am anderen Ende der Leitung war einen Augenblick lang nichts zu hören. „Nein, nein", meinte sie dann und versuchte gefasst zu klingen. „Ich dachte mir nur, vielleicht hättet ihr Lust, zu mir nach Salzburg zu kommen . . . "

Nun war Axel sicher, dass etwas nicht stimmte. Normalerweise hätte seine Großmutter einfach den Termin festgesetzt, an dem sie ihren Enkel und ihre Tochter zu sehen wünschte. Der Bub überlegte rasch. Seine Oma schien etwas zu bedrücken. Es musste etwas Schwerwiegendes sein, sonst wäre sie nicht so verändert. Am Telefon würde sie ihm bestimmt nicht erzählen, worum es ging. Er musste also zu ihr. Aber was wurde aus dem Treffen mit Dominik und den anderen?

„Hallo, Axel, bist du noch da?"

„Ja, Oma, geht in Ordnung. Ich fahre mit dem Zug am Samstagvormittag. Okay?"

„Das . . . das freut mich sehr!" Axel spürte, wie erleichtert seine Großmutter nun war.

---

* Siehe Knickerbocker-Abenteuer Nr. 7: „Rätsel um das Schneemonster".

„Teuerste Frau Pomassl, jetzt muss ich aber abdüsen. Sonst komme ich wirklich zu spät in die Schule“, rief er in den Hörer und verabschiedete sich.

Beim Anziehen dachte Axel wehmütig an seine Knickerbocker-Freunde. Er hatte sich schon so auf das Wiedersehen in Wien gefreut. Am Nachmittag wollte er Dominik anrufen und ihm absagen.

Axel seufzte. Ach was, dachte er dann, vielleicht begegne ich in Salzburg einem UFO. Die Aussicht darauf munterte ihn etwas auf.

So viel sei schon verraten: Er sollte nicht nur einem UFO begegnen ...

Wieder einmal kommt es anders ...

Es war fünf Uhr nachmittags. Axel hatte sich nach der Schule ein Buch aus der Bibliothek geholt.

„Sind sie schon gelandet?" lautete der Titel des Handbuches über UFOs und mögliche Besucher aus dem All.

Axel schlug das Kapitel mit der Überschrift „Begegnungen mit UFOs" auf:

Nahe Begegnung der 1. Art: Der Beobachter ist nicht weiter als 150 Meter vom UFO entfernt und kann Einzelheiten erkennen.

Nahe Begegnung der 2. Art: Der Beobachter befindet sich in unmittelbarer Nähe des UFOs. Lande- und Brandspuren sind festzustellen. Die Elektrizität kann im Landegebiet ausfallen. Beim Beobachter können Übelkeit, Lähmungen oder Brandwunden festgestellt werden.

Nahe Begegnung der 3. Art: In diesem Fall geht es nicht nur um eine Begegnung mit dem Flugobjekt, sondern auch mit dem UFONAUTEN. Die Außerirdischen sind mit der Kontaktperson durch ein Gespräch, durch eine Entführung oder einen Raumflug in Verbindung getreten.

Ich werde mich auf die Jagd nach UFOs begeben, beschloss Axel. Gemeinsam mit seinen Knickerbocker-Kumpels wäre das natürlich lustiger und spannender geworden.

„Hoffentlich, hoffentlich treffe ich in Salzburg die kleinen, grünen Männchen. Und hoffentlich nehmen sie mich mit. Dann bleibt mir die wahnwitzige Mathematik-Schularbeit nach Ostern erspart“, sagte er halblaut zu sich. „Hallo UFOs, hier bin ich! Kommt!“, rief er.

„Spinnst du?“

Axel hatte nicht bemerkt, dass seine Mutter ins Zimmer getreten war. Sie musterte ihn fragend.

„Alles unter Kontrolle und im grünen Bereich“, beruhigte sie ihr Sohn.

Während Frau Klingmeier in der Küche zwei Portionen Gulasch auftaute, erzählte ihr Axel von den Ereignissen des Tages.

„Du hast doch nichts dagegen, dass ich zur Oma fahre?“, beendete er seinen Bericht.

„Natürlich nicht. Ich hole dich dann am Samstag darauf ab. Wir wollen doch ins Salzkammergut, nach St. Wolfgang am Wolfgangsee.“

Axel holte tief Luft und schmetterte aus voller Brust: „Im Weißen Rössel am Wolfgangsee, da steht das Glück vor der Tür . . .“

Seine Mutter lachte. „Bei uns steht gleich der Glaser vor der Tür. Du singst nämlich so falsch, dass die Fensterscheiben Sprünge bekommen. Außerdem fahren wir nicht ins Hotel ‚Weißes Rössel‘, sondern in die Pension ‚Blaues Pony‘!“

Auch damit war Axel einverstanden. Allerdings war ihm noch schleierhaft, warum man im Salzkammergut so gut lustig sein konnte.

„Zum Beispiel möchte ich mit dir einen Ausflug nach Hallein machen."

„Aha", lautete Axels Kommentar dazu. „Muss ich schon lachen? Ist das bereits lustig?"

Für diese Bemerkung erntete er einen strafenden Blick. „Nein, aber ich könnte mir vorstellen, dass dich das Salzbergwerk interessiert. Da können wir 1000 Meter unter Tag – also in den Berg – fahren. Es gibt dort lange Holzrutschen, die du hinunterrasen kannst. Außerdem sind die Grubenhunde noch in Betrieb. Das ist eine Art Minieisenbahn unter der Erde. Damit kann man durch die Stollen fahren. Was ist da noch . . . ah ja . . . den Salzsee im Berg werden wir auch besichtigen."

„Klingt nicht einmal so übel", stellte Axel fest.

Gerade als Frau Klingmeier das Essen auf den Tisch stellte, läutete das Telefon. Seufzend ging sie ins Vorzimmer.

„Ja . . . einen Moment . . . ich hole ihn." Diese Worte konnten nur eines bedeuten. Das Gespräch war für Axel.

„Wer ist es?", zischte er seiner Mutter zu.

„Der Dominik!"

„Hallo, Dominik", rief Axel in den Hörer.

„Tag, Axel. Du . . . sitzt du gut?"

„Nein, ich stehe. Warum?"

„Weil es dich wahrscheinlich gleich umwerfen wird. Ich habe eine überaus erstaunliche Neuigkeit für dich!"

„Schieß los, was gibt's?" Als Jungschauspieler wusste Dominik genau, wie man die Spannung ins Unerträgliche steigern konnte.

„Ich war heute sehr betrübt über die Absage deines Besuches in Wien. Umso mehr freut sie mich jetzt!"

„Was???" Axel war entsetzt. „Du bist froh, dass ich nicht komme. Das ist gemein!"

„Ist es nicht", erwiderte Dominik gelassen. Darauf folgte wieder eine Kunstpause. „Ich komme nämlich nach Salzburg. Von Samstag an bin ich dort."

Nun war Axel sprachlos. Doch nur für eine Sekunde. „Wieso plötzlich? Weil ich auch ...?"

„Nein, durch Zufall. Es hat am Nachmittag eine amerikanische Filmfirma angerufen. Die dreht gerade in der Nähe von Salzburg einen kitschigen Film in den Bergen. Ich soll mitspielen."

„Als was? Als Ziege oder Kuh?", spottete Axel.

„Idiot! Aber du hast es fast erraten. Als Schafhirte. Jedenfalls bin ich die ganzen Osterferien in Salzburg."

„Irre! Wahnsinn! Super! Aber was ist mit Poppi und Lilo?", erkundigte er sich.

„Ich rufe sie jetzt an und sage ihnen, dass aus dem Knickerbocker-Treffen in Wien nichts wird. Was bleibt mir anderes übrig?"

„Denkste, kommt nicht in Frage. Ich werde mich sofort mit meiner Oma kurzschließen. Die hat ein ziemlich großes Haus am Stadtrand von Salzburg. Da ist genug Platz für uns alle. Wir treffen uns ganz einfach dort."

„Das wäre natürlich die absolute Spitzensensation. Sonst hätte ich nämlich im Hotel wohnen müssen und so eine Erzieherin von der Filmfirma wäre mir auf Schritt und Tritt gefolgt! Ich muss wahrscheinlich nur drei Tage drehen. Den Rest der Zeit können wir die Gegend unsicher machen", rief er freudig.

Axel musste nun seine Großmutter davon überzeugen, wie wichtig es war, seine Freunde mitzubringen. Normalerweise wollte die alte Dame Ruhe und Frieden in ihrem Haus und sah Gäste nicht allzu gerne. Aber vielleicht würde sie sich überreden lassen ...

Zu Axels großem Erstaunen war Pauline Pomassl sofort einverstanden. Sie freute sich auf die Knickerbocker-Bande.

Wieder einmal hatte sich das Sprichwort bewahrheitet: Erstens kommt es anders, zweitens als man denkt!

Licht bei der verfallenen Villa

Drei Tage später.

Am Samstag vor dem Palmsonntag war es so weit. Die Knickerbocker-Bande feierte ein Wiedersehen. Zu Mittag standen Lilo, Axel, Dominik und Poppi im Vorzimmer von Axels Großmutter und grölten aus voller Brust ihren Spruch:

„Wir Knickerbocker lassen niemals locker . . .!"

Dominik hatte mittlerweile zwei Zeilen dazu gedichtet und trug sie seinen Freunden sofort vor:

„Selbst die Profis haut's vom Hocker,
kommen wir, die Knickerbocker!"

Pauline Pomassl betrachtete die vier Kinder schmunzelnd und schüttelte verwundert den Kopf. Axel war sofort aufgefallen, dass seine Großmutter blasser war als sonst. Unter ihren Augen bemerkte er dunkle Ringe.

Mit einem Schlag war Frau Pomassl aber wieder ganz die Alte. Sie räusperte sich energisch und kommandierte wie ein Feldwebel: „Die Mädchen schlafen in Claudias ehemaligem Zimmer. Im ersten Stock, neben der Treppe die zweite Türe rechts. Die Buben haben das Gästezimmer, eine Tür weiter. Bitte hinaufgehen und Koffer auspacken. Danach gibt es Mittagessen."

Während seine Freunde ihre Kleidung in die Schränke schichteten, schlüpfte Axel in die Küche. Er ließ sich auf den dreibeinigen Hocker fallen und sah seine Oma fragend an.

„Oma, hast du etwas? Irgendetwas stimmt doch nicht." Axel wartete gespannt auf die Antwort.

Pauline Pomassl aber sagte nichts. Ungerührt bearbeitete sie einen Berg Kartoffeln weiter. Erst als alle kleingehackt waren, drehte sie sich zu ihrem Enkel um. „Du darfst es niemandem weitersagen. Bitte versprich mir das."

Axel nickte und hob zwei Finger zum Schwur. Seine Knickerbocker-Freunde waren davon selbstverständlich ausgenommen.

„Axel, ich glaube, ich bin nicht ganz normal."

„Oma, wie kommst du denn darauf?"

„Du weißt, meine Augen waren schon immer mein ganzer Stolz. Ich sehe so gut wie ein Luchs. Brillen kenne ich nur von anderen Leuten. Aber ... aber ... seit kurzer Zeit ... sehe ich ... Gespenster. In der vergangenen Nacht ... da hatte ich es sogar mit einem Irrlicht zu tun."

Axel verstand nicht ganz. „Irrlicht, was soll das sein?"

„Auf dem Grundstück neben meinem Haus befindet sich doch diese alte Villa, in der seit über 13 Jahren niemand wohnt. Sie hat früher einem gewissen Herrn Silberstein gehört. Angeblich hat er den Grund vor kurzem verkauft. Auf jeden Fall steht das Haus leer und verfällt. Der Garten ist völlig verwildert."

Frau Pomassl erzählte ihrem Enkel vom Spuk auf dem Dachboden und dem grünen Wesen am Fenster. Doch es hatte sich schon wieder etwas Neues ereignet: „Gestern in der Nacht bin ich wach geworden und zum Fenster gegangen. Ich wollte es öffnen, weil mir zu warm war. Dabei habe ich nebenan zwischen den Bäu-

men und Sträuchern ein Licht umherhuschen gesehen. Plötzlich ist es dann verschwunden. Als wäre es verlöscht oder im Boden versunken ..."

„Vielleicht ein Landstreicher, der einen Unterschlupf gesucht hat ...", vermutete Axel.

Pauline schüttelte energisch den Kopf. „Nein, Axel, sicher nicht. Das war etwas anderes. Dieses Licht war allein. Es hat sich kein menschliches Wesen in der Nähe befunden."

Ein UFO, schoss es Axel durch den Kopf. Um seine Großmutter nicht noch mehr zu ängstigen, sprach er seinen Verdacht aber nicht laut aus.

„Ich habe dich gebeten zu kommen, damit du mir sagst, ob ich übergeschnappt bin oder ob es in diesem Haus tatsächlich nicht mit rechten Dingen zugeht."

„Ich werde die Augen offen halten und versuchen etwas herauszufinden, Oma", versprach der Enkel. „Ich glaube ..."

Weiter kam er nicht, denn in diesem Augenblick stürzte Dominik in die Küche. Er starrte Axel mit weit aufgerissenen Augen an und keuchte aufgeregt: „Weißt du, was unter meinem Bett liegt?"

„Nein!" Axel war plötzlich sehr beunruhigt. Hatte Dominik vielleicht schon den ersten Hinweis auf den Spuk oder das UFO entdeckt?

Dominik senkte die Stimme und murmelte geheimnisvoll und leise: „Ein Toter!"

Zum Glück hatte Pauline Pomassl in diesem Moment gerade mit den Töpfen geklappert und es überhört. Axel schob seinen Freund hastig aus der Küche auf den Gang.

„Wir kommen gleich, Oma!", rief er über die Schulter. „Sag das noch einmal. Aber leise ...“, flüsterte er Dominik zu.

„Unter meinem Bett liegt ein Toter.“

„Wer ... wer ist es?“

„Keine Ahnung, es ist nur noch Staub von ihm übrig!“

Dominik lachte laut auf und schlug sich begeistert auf die Schenkel. Axel war wirklich auf den alten Scherz hereingefallen.

Allerdings schien er heute keinen Spaß zu verstehen.

„Hahaha, ich lache übernächstes Jahr! Da habe ich noch einen Termin frei!“, stellte er trocken fest. Am liebsten hätte er Dominik jetzt kurz in den Schwitzkasten genommen. Er musste es aber auf später verschieben, denn Pauline rief zum Essen.

Es gab Axels Lieblingsspeise: Kartoffelpuffer.

Sie schmeckten ihm heute nicht so gut wie sonst. Er musste die ganze Zeit an die Beobachtungen seiner Großmutter denken. Hatten sie mit den UFOs zu tun? Einige Minuten lang war nur das genüssliche Schmatzen und Kauen der Kinder zu hören. Dann meldete sich Poppis piepsende Stimme mit einer Frage, die alle überraschte: „Frau Pomassl, haben Sie Angst vor Mäusen oder anderen kleinen Nagetieren?“

Die alte Dame stutzte einen Moment. „Nein, ich gehöre nicht zu den dummen Wesen, die beim Anblick einer Maus kreischend auf den Tisch springen. In mein Haus hat sich aber auch nur einmal eine Maus verirrt. Sie hat ein trauriges Ende genommen. In der Mausefalle. Wieso willst du das wissen, mein Kind?“

Poppi murmelte: „Nur so!“ Und um weiteren Fragen zu entgehen, schaufelte sie sich eine Ladung Apfelkompott in den Mund.

„Wie wär's, Leute, machen wir heute Nachmittag die Stadt unsicher?" Axel schaute seine Freunde der Reihe nach an.

Dominik und Lilo waren sofort dabei. Poppi zögerte noch. Sie schien zu überlegen ...

„Hast du etwas, meine Kleine?" Pauline Pomassl warf dem Mädchen einen prüfenden Blick zu. Ihre grau-blauen Augen hatten die Gabe, jeden zu zwingen, die Wahrheit zu sagen. Poppi senkte den Kopf, starrte auf ihren leeren Teller und schüttelte heftig den Kopf. „Alles in Ordnung. Ich ... ich komme ... komme gerne mit! Sehr gerne ..." Überzeugend hatte das aber nicht geklungen.

Die Ankunft der Knickerbocker-Bande war übrigens missmutig beobachtet worden. Es gab jemanden, der die vier Kinder verfluchte, da er seine Unternehmungen jetzt nicht mehr ungehindert fortsetzen konnte ...

Schreie in der Getreidegasse

„Wenn wir jetzt alle vier hineingehen, muss es wegen Überfüllung geschlossen werden“, lachte Lilo, als ihr Axel das kleinste Haus Salzburgs zeigte. Es befand sich auf dem Alten Markt und war zwischen zwei hohen, alten Gebäuden eingezwängt. Fast hatte man den Eindruck, es würde von ihnen zerquetscht.

„Das Haus ist nicht größer als mein Zimmer. Die Grundfläche misst nur zwei mal sechs Meter!“, erzählte Axel. „Die Treppe zum ersten Stock hat im Haus gar keinen Platz. Deshalb befindet sie sich im Hof!“

„Es wäre auf jeden Fall ein ideales Banden-Hauptquartier!“, stellte Lilo fest. Leider war das Haus schon an einen Optiker vergeben, der sowohl sein Geschäft als auch eine winzig kleine Werkstatt darin untergebracht hatte.

„Meine Damen und Herren“, verkündete Axel feierlich und machte dabei ein sehr ernstes Gesicht, „ich darf Sie nun im Namen der Klingmeier-Tours zu einem Rundgang durch die Stadt begrüßen. Womit sollen wir beginnen?“

„Mit einer Ladung Mozartkugeln!“, rief Dominik und besorgte sie in einer Konditorei. Während die vier Freunde die köstlichen Schokoladenkugeln lutschten, schlenderten sie durch die romantischen alten Gassen der Stadt. Axel führte sie zum Dom, vor dem jedes Jahr im Sommer das Stück „Jedermann“ gespielt wird. Er zeigte seinen Freunden auch das Große Festspielhaus, in dem zur Osterzeit und im Sommer Opern und

Konzerte aufgeführt werden. Bei den weltberühmten Salzburger Festspielen.

Neben dem Großen Festspielhaus entdeckte Lilo ein lang gestrecktes Wasserbassin, das von einer steinernen Balustrade umgeben war. An den Ecken waren prachtvolle Pferdestatuen postiert. Hinter dem Becken erhob sich der Fels des Mönchsberges.

„Was ist denn das? Ein Riesenbrunnen? Oder ein Schwimmbad aus dem Jahre Schnee?“, fragte Dominik.

„Schwimmbad stimmt. Es ist ein Bad. Für Pferde. Es heißt Pferdeschwemme und angeblich wurden hier die Rösser gewaschen“, erklärte Axel.

„Ganz schön luxuriös“, stelle Lieselotte fest.

Weiter ging es in die Getreidegasse. Dort wimmelte es von Touristen, die sich gegenseitig auf die Zehen traten. Die Knickerbocker-Bande bestaunte die hohen, alten Häuser und die schmiedeeisernen Zeichen, die über vielen Toren angebracht waren. An ihnen konnte man erkennen, wer in dem Haus zu finden war oder noch immer zu finden ist. Ein Glaser, ein Handschuhmacher, ein Wirt, ein Bäcker oder ein Bierbrauer.

„Und das, verkehrte ... äh ... ich meine ... verehrte Herrschaften, ist das Haus, in dem der Mann geboren wurde, der einer runden Köstlichkeit seinen Namen gegeben hat. Nebstbei hat er auch viele Opern, Konzerte und Sinfonien komponiert“, verkündete Axel. Dabei deutete er auf das dunkelgelbe Haus Nummer 9.

„Wau“, staunte Dominik, „so verschnörkselt rede doch sonst nur ich. Selbstverständlich ist mir klar, dass es sich um das Geburtshaus von Wolfgang Amadeus Mozart handelt."

Eigenlich wollten die vier in das Museum gehen, das heute in diesem Haus untergebracht ist. Aber die Menschenschlange davor war ihnen zu lang. Leider begann es nun auch noch zu regnen. Es war der typische Salzburger Schnürlregen.

„Trocken und toll ist es im Haus der Natur", schlug Axel seinen Freunden vor. „Das ist ein Hit. Da gibt es riesige Modelle von Sauriern, das gläserne Modell eines Menschen, die lebensgroße Figur eines Wollnashorns der Eiszeit, einen Reptilienzoo mit Schlangen, Fröschen, Echsen und Alligatoren, Aquarien mit über tausend bunten Fischen und eine Weltraumhalle. Das Ganze ist einfach irre!"

Poppi und Dominik wollten sofort hin. Lieselotte hatte etwas anderes vor. „Ich möchte in das Spielzeugmuseum. Eine Freundin von mir wünscht sich Ansichtskarten von alten Puppen, die dort ausgestellt sind."

Während die Knickerbocker-Bande einen Schlachtplan für die kommende Stunde entwickelte, gellte ein schriller Schrei durch die Luft.

Axel, Lilo, Dominik und Poppi blickten sich hastig um.

„Der ist von dort oben gekommen ...!", rief Axel aufgeregt. „Vom Rathausplatz. Los, kommt! Sofort hin! Ich möchte wissen, was da los ist." Er stürmte los und die anderen folgten ihm.

Ein zweiter Schrei ertönte. Er war etwas tiefer als der erste, kam aber aus derselben Richtung.

Was war geschehen?

Keuchend erreichte die Knickerbocker-Bande den Alten Markt. Aber nicht nur sie waren durch die Schreie neugierig geworden. Eine Menschentraube hatte sich auf dem Platz gebildet. Die Leute standen um etwas herum und reckten die Köpfe, um mehr zu erspähen.

Axel erkannte wieder einmal, wie praktisch es war, klein und wendig zu sein. Er machte sich noch schmaler, als er schon war, und zwängte sich flink zwischen den Menschen durch. Als er in der vordersten Reihe angelangt war, sah er zwei Frauen. Beide waren elegant gekleidet und trugen teure Pelzjacken. Sie redeten wild und laut durcheinander. Die eine Englisch, die andere Deutsch.

„Plötzlich weg ... Ohne dass ich es bemerkt hätte ... Mein Geld weg ... auf einmal war die Handtasche offen ... Wer war das?“ Das waren die einzigen Wortfetzen, die Axel aufschnappen konnte. Zweifellos waren die Damen bestohlen worden. Irgendjemand hatte sie ihrer Geldbörsen beraubt.

„Ein Kind ... ein kleiner Junge ... hat mich angerempelt ... Kurze Zeit später habe ich bemerkt, dass sie weg war. Vielleicht war der Junge ein Dieb!“, mutmaßte die eine Frau.

Ein Polizist bahnte sich nun einen Weg durch die Menschenmenge. Die beiden Damen stürzten sich auf ihn und begannen wild auf den armen Mann einzureden.

Axel hatte genug gesehen und trat den Rückzug an. Aber wohin waren seine Freunde verschwunden?

„Huhu, Axel ... da sind wir!“, hörte er plötzlich Dominik rufen. Er stand mit Lilo und Poppi ein Stück weiter unter einem Torbogen bei einem Drehorgelspieler, der unermüdlich an der Kurbel seines Leierkastens drehte. Es war aber nicht die Musik, die den drei Knickerbockern so gut gefiel, sondern der kleine Affe, der auf der Drehorgel saß. Er war mit einer dünnen Kette angebunden und blinzelte die Kinder listig an. Als Dominik eine Mozartkugel auswickelte und sie in den Mund stecken wollte, starrte er plötzlich fassungslos auf seine Finger. Eben hatte er die Süßigkeit noch festgehalten. Nun war seine Hand leer. Am Gelächter der anderen erkannte er, was geschehen war. Der Affe hatte blitzschnell zugegriffen und stopfte sich die Schokoladenkugel nun gierig in sein kleines Maul.

„Aber, aber, Fredo ... seit wann bist du so diebisch“, tadelte ihn sein Besitzer. „Entschuldigt bitte, aber ich habe ihn heute noch nicht gefüttert“, erklärte er der Knickerbocker-Bande.

Der Drehorgelspieler war ein seltsamer Mann. Er trug eine schwarze, abgewetzte Melone und eine alte Jacke aus dunklem Samt. Um den Hals hatte er eine sehr schicke Fliege gebunden. Sie war das einzig Neue an ihm. Sonst wirkte er ärmlich und ziemlich bedauernswert. Sein Gesicht erinnerte Poppi an Petrus, den Dackel ihres Onkels. Der sah manchmal auch so nachdenklich und traurig drein.

Die Kinder warfen einige Münzen auf den Teller, der neben dem Affen stand. Sie lachten, als Fredo jede

Einzelne aufhob und prüfend hineinbiss. Er wollte anscheinend feststellen, ob sie echt waren.

Da ertönte eine bekannte Melodie von einem Glockenspiel.

„Das ist doch das Lied des Papageno aus der Oper ‚Die Zauberflöte'", stellte Dominik fest.

„Richtig", stimmte ihm der Drehorgelspieler zu.

„Leute, das heißt, wir müssen schnellstens lossausen. Wenn das Glockenspiel erklingt, ist es genau 17.45 Uhr! Ich habe Oma versprochen, dass wir um sechs zurück sind. Also Tempo!", rief Axel.

Die Knickerbocker-Bande verabschiedete sich von Fredo und seinem Herrn und stürmte los.

Die vier Freunde ahnten nicht, dass sie auch hier beobachtet worden waren. Es gab jemanden, der sich über ihre Neugier ärgerte. Fieberhaft überlegte er, wie er die Kinder möglichst schnell vertreiben könnte. Sie durften ihm keinen Strich durch die ausgetüftelte Rechnung machen...

Kurz nach dem Abendessen kam ein Anruf für Dominik. Es war der Produktionsleiter der Filmfirma. Er teilte dem Jungen mit, daß er am nächsten Tag bereits um 7 Uhr in der Früh von einem Bus abgeholt werden sollte. Dominik freute sich auf den ersten Drehtag, nur das zeitige Aufstehen behagte ihm nicht sehr.

Als sich Pauline Pomassl ins Wohnzimmer zurückzog, um die Fernsehnachrichten zu sehen, berief Axel ein Knickerbocker-Treffen im Jungenzimmer ein. Er berichtete den Freunden von den Erlebnissen seiner Großmutter.

„Wir müssen die Augen offen halten... und die

Ohren natürlich auch. Falls einem von uns in der Nacht etwas auffällt, weckt er sofort die anderen."

In dieser Nacht schlief keiner wirklich gut. Dominik war aufgeregt, weil ihm der bevorstehende Drehtag nicht aus dem Kopf ging. Durch Axels Träume zischten immer wieder fliegende Untertassen. Poppi warf sich mehrmals unter lautem Stöhnen in ihrem Bett hin und her. Und auch Lilo hatte eine beklemmende Unruhe befallen.

Es war kurz nach ein Uhr früh, als sie die Augen aufschlug und an die Zimmerdecke starrte. Für ein paar Sekunden wusste sie nicht, wo sie sich befand. Doch dann erinnerte sie sich wieder.

Irgendetwas hatte sie geweckt. Ein Geräusch. Ein Geräusch, das ihre Ohren als ungewöhnlich befunden hatten. Lilo lauschte angestrengt.

Tatsächlich. Ein Knistern und Kratzen war zu hören. Es war nicht gerade leise und klang seltsam hohl. Irgendjemand schabte an einem Holzbrett. Dann ein Knacken. Etwas war zersprungen. Aber was?

Siedend heiß fiel Lieselotte ein, dass Axel gestern Abend von ähnlichen Geräuschen erzählt hatte. Seine Großmutter hielt sie für einen Spuk. Allerdings hatte sie die Laute immer auf dem Dachboden geortet. Lilo blieb stocksteif liegen und wagte kaum zu atmen. Sie hatte überaus gute Ohren, die sie fast nie täuschten. Das Mädchen begann vor Aufregung zu schwitzen. Der „Erzeuger" der mysteriösen Geräusche befand sich nämlich zweifellos unter ihrem Bett.

So ein Geist war noch nie da!

Ein paar Schrecksekunden lang wagte Lilo nicht sich zu bewegen. Als das Krachen und Kratzen unter dem Bett für einen Augenblick abbrach, nützte sie die Gelegenheit und glitt heraus. Mit den Zehenspitzen tastete sie nach ihren Pantoffeln.

„Autsch", stöhnte sie. Etwas Spitzes hatte sich in ihre Fußsohle gebohrt. Sie zog den Fuß zu sich hoch und tastete die Haut ab. Ein tropfenförmiger Keil mit einem spitzen Ende kam ihr zwischen die Finger. Sie streckte ihn ins Mondlicht, das durch das Fenster fiel.

Täuschte sie sich oder war das wirklich ...?

„Lilo? Lilo, was ist denn?" Poppi war aufgewacht und hatte sich aufgesetzt.

„Pssst", zischte Lieselotte und deutete unter ihr Bett. „Da unten stimmt etwas nicht. Die Geräusche, von denen Axel erzählt hat, kommen diesmal von da unten. Wir müssen herausfinden, was das ist. Übrigens, hast du eine Ahnung, was ein Sonnenblumenkern in unserem Zimmer zu suchen hat? Ich bin gerade auf einen getreten."

Poppi schluckte fest und gab Lilo zu verstehen, dass sie sich nicht vom Fleck rühren sollte. Dann rutschte sie auf den Boden und schob die Hand vorsichtig unter Lilos Bett.

„He, pass auf", flüsterte ihr die Freundin zu.

„Maximilian, da bist du ja!" Mit diesen Worten zog Poppi etwas hervor. Lieselotte verstand überhaupt nichts mehr. Als sie aber sah, was ihre Freundin in der hohlen Hand hielt, lachte sie leise und sehr erleichtert auf.

Es war ein Goldhamster, der sich seine Backen mit Futter vollgestopft hatte. Er musterte Lilo erstaunt mit seinen kleinen, schwarzen Knopfaugen.

„Wo hast du den her?“, erkundigte sich Lieselotte.

„Ich habe ihn mitgebracht, aber er ist mir entwischt und hat sich irgendwo im Zimmer versteckt. Deshalb musste ich am Abend Futter auslegen, um ihn aus seinem Unterschlupf zu locken. Er hat jetzt auf der leeren Futterschachtel unter dem Bett gesessen.“

„Ach so! Darum haben sich die Geräusche so laut angehört.“ Jetzt verstand Lieselotte alles.

Poppi war froh, ihren nagenden Freund wieder gefunden zu haben. Sie holte einen kleinen Käfig aus dem Koffer und setzte Maximilian hinein. Sofort verschwand der Hamster in seinem Nest aus Heu, um die gehamsterten Vorräte loszuwerden.

Die beiden Mädchen schlüpften wieder in die Betten. Sie waren froh, dass sich der Spuk als harmlos aufgeklärt hatte.

In dieser Nacht schienen die richtigen Geister das Haus von Pauline Pomassl zu verschonen. Entweder waren ihnen zu viele Menschen im Haus. Oder sie waren anderswo beschäftigt . . .

Am nächsten Morgen, pünktlich um 7 Uhr, klingelte es bei Pauline Pomassl. Ein junger Mann in einem Jeans-Overall holte Dominik ab.

Im Wagen überreichte der Chauffeur dem Junior-Schauspieler zwei Blätter Papier. Es war der Text der Szenen, die heute gedreht werden sollten. Viel hatte

Dominik zum Glück nicht zu sagen. Seine Sätze lauteten: „Sehr wohl, Herr Graf, wie Sie befehlen" und „Ganz wie Sie meinen, Herr Graf". Das hatte er sich sofort gemerkt. Alle anderen Anweisungen würde ihm der Regisseur geben.

Dominik staunte etwas, als ihn der Bus zu einer Kirche brachte.

„Spielt die Szene da drinnen?", erkundigte er sich beim Fahrer.

„Nein, nicht in der Peterskirche, sondern daneben auf dem Petersfriedhof."

Dominik hatte ein mulmiges Gefühl, als er aus dem Wagen stieg. Hoch über ihm ragte der Mönchsberg mit der Festung Hohensalzburg auf. Durch einen steinernen Bogen betrat er den 1500 Jahre alten Friedhof. Grabsteine waren hier kaum zu sehen. Dafür hunderte schmiedeeiserne Kreuze, zwischen denen noch der Frühnebel lag.

Auf dem Weg zum Drehort hatte der Fahrer eine kleine Sensation für Dominik bereit: „Du spielst hier übrigens mit Gregory Widderlos, dem weltberühmten Star aus Hollywood. Es wird streng geheim gehalten, dass er sich in Salzburg aufhält. Die Dreharbeiten sollen nicht gestört werden." Dominik freute sich enorm auf die Begegnung mit dem großen Schauspieler.

Aber zuerst musste er noch zur Kostümbildnerin. Er bekam eine schäbige, ausgefranste kurze Hose und ein zerschlissenes Hemd verpasst. Der Maskenbildner schmierte ihm dann jede Menge künstlichen Schmutz ins Gesicht, auf die Arme und auf die Beine.

Wozu bin ich heute früh zeitiger aufgestanden und habe geduscht?, dachte Dominik grimmig.

„Tag, junger Freund." Ein großer, schlanker Mann mit einer schwarzen Stoppelfrisur hatte sich neben dem Schminkstuhl aufgebaut und blickte auf Dominik herab. Der Mund des Mannes war zu einem säuerlichen Grinsen verzogen. Er sah aus, als hätte er gerade eine Flasche Essig geleert.

„Ich bin Tim Treeday, der Regisseur. Du machst, was ich dir sage, dann haben wir keine Probleme."

Dominik nickte stumm.

Blöder, aufgeblasener, eingebildeter Quadratschädel, dachte er wütend.

Eine freundliche Assistentin namens Uschi holte ihn aus dem Wohnwagen ab, der als Schminkraum diente. Sie brachte ihn zu einem Grab, auf dem sieben Kreuze standen. Dominik betrachtete verwundert die Namenstafeln. Auf allen war derselbe Familienname eingraviert: „Stumpföger"! Alle Verstorbenen waren Frauen und im Abstand von zwei bis drei Jahren hintereinander verschieden.

„Das sind die sieben Frauen eines gewissen Herrn Stumpföger gewesen", erklärte ihm Uschi. „Angeblich soll er alle zu Tode gekitzelt haben. Aber nix Genaues weiß man nicht!"

Dominik schauderte. „Sind die Kreuze echt oder nur für den Film aufgestellt?", wollte er wissen.

„Natürlich echt!", lautete Uschis Antwort. „Sie spielen im Film aber mit."

„Oh my God . . . das ist also der Gnom . . . der spielt die Jungen mit die Ziegen." Eine laute, tiefe Stimme mit amerikanischem Akzent riss Dominik aus seinen Gedanken. Er schaute auf und sah einen schlanken, eleganten Mann. Seine Haare waren fein säuberlich auf dem Kopf sortiert und er trug einen Anzug aus dem vorigen Jahrhundert. Die Zigarette in seinem Mund war aber eindeutig aus diesem Jahr.

„Sagt dem boy, er soll keinen mistake ... keine Fehler machen. Ich kann das nicht stehen aus ...", radebrechte der Mann, ohne Dominik auch nur eines Blickes zu würdigen. Er kam dem Jungen bekannt vor. War das vielleicht Gregory Widderlos?

Dominik erkundigte sich bei Uschi und diese nickte. Er war es – höchstpersönlich.

Den habe ich mir ganz anders vorgestellt, dachte der Junge. Eigentlich sollte er „Widerlich" heißen! Dieser Name würde bedeutend besser zu ihm passen.

Zum Glück war Dominik aber nicht zimperlich, sondern ziemlich hart im Nehmen. Nur so hielt er den unsympathischen Schauspieler aus Hollywood aus. Übrigens machte Dominik keinen einzigen Fehler. Mister Widderlos vergaß dafür aber ungefähr achtmal seinen Text, marschierte in die falsche Richtung und stolperte mehrmals über einen Grabsteinrand.

„Sie wollen nicht, dass ich heute hier bin", hörte ihn Dominik dann jedes Mal murmeln. Natürlich auf Englisch, aber so viel verstand er bereits. „Sie haben heute Macht über mich. Sie schicken böse Strahlen."

„Solche Sprüche klopft der Typ die ganze Zeit", erzählte ihm Uschi in einer Drehpause. „Er fühlt sich anscheinend von jemandem beobachtet. Übrigens macht er viele Fehler absichtlich. Es wird gemunkelt, er will unbedingt noch länger in Salzburg bleiben. Keiner weiß warum. Auf jeden Fall tickt der Kerl nicht richtig."

Da konnte ihr Dominik nur zustimmen.

Müssen UFOs notlanden?

Während Dominik vor den Kreuzen der zu Tode gekitzelten Frauen filmte, besuchten seine Knickerbocker-Freunde die Festung Hohensalzburg. Mit der Standseilbahn fuhren sie vom Kapitelplatz auf den Mönchsberg hinauf.

Die Höfe und Stuben der Festung beeindruckten sie sehr. Vor allem die „Goldene Stube“ mit dem prachtvoll verzierten Kachelofen und der Festsaal mit der hölzernen Decke gefielen allen. Axel ließ auch nicht die Tour durch die gruseligen Kerkerzellen aus.

„Haben in dieser Festung Ritter gelebt?“, wollte Poppi wissen.

„Die Burg war vor allem der Wohnsitz der Erzbischöfe“, erklärte ihr Axel. „Sie waren früher überaus einflussreich und eigentlich haben sie bestimmt, was in Salzburg zu geschehen hatte. Ich habe einmal eine Führung hier mitgemacht und da hat der Fremdenführer von den rauen Sitten der damaligen Zeit erzählt. Der Bischof Leonard von Keutschach hatte zum Beispiel eine sehr kräftige ‚Überzeugungs-Methode‘. Die Räte, die nicht so wollten, wie er meinte, ließ er fesseln und auf offenen Schlitten in der Winterkälte herumfahren. Und zwar so lange, bis sie seiner Meinung waren. Sein Nachfolger war übrigens der berühmte Wolf Dietrich. Er hat viele Plätze in Salzburg schaffen lassen. Den Domplatz zum Beispiel.“

„Entweder bist du der absolute Salzburg-Streber oder der geborene Fremdenführer“, witzelte Lilo.

„Also, das ist doch klar“, meinte Axel. Er war überzeugt, welche Bezeichnung auf ihn zutraf.

„Der geborene … Salzburg-Streber!“, rief Lieselotte und lief davon. Axel stürmte ihr schnaubend nach. Das würde er ihr heimzahlen.

Poppi hatte Mühe, den beiden zu folgen. Die drei liefen durch die Gänge und Innenhöfe, treppauf und treppab, bis sie schließlich auf einem der Türme standen, von dem aus man einen herrlichen Blick über die Stadt Salzburg hatte. Hier ging's nicht mehr weiter. Lilo flehte lachend um Gnade und Axel gewährte sie ihr großzügigerweise.

Ein kühler Wind wehte und die drei Kinder fröstelten ein bisschen. Axel zog ein Minifernglas aus der Tasche und betrachtete die Umgebung. Der Feldstecher war sehr klein, aber trotzdem konnte man mit ihm auch weit entfernte Dinge gut erkennen.

Plötzlich hielt der Junge ruckartig inne. Gebannt blickte er in eine Richtung. „Das … das ist nicht möglich … Das gibt's nicht …“

„Was gibt's nicht? Spinnst du?“ Lieselotte konnte diese Geheimnistuerei nicht leiden.

„Ein UFO … ich sehe ein UFO! Da schau!“ Hastig wollte er Lieselotte das Fernglas reichen. Er war aber so aufgeregt, dass er den Feldstecher zu früh losließ und dieser auf den harten Steinboden knallte. Es klirrte.

„Verdammt!“, schimpfte Axel und bückte sich danach. Die beiden vorderen Linsen waren gesprungen. Er versuchte einen Blick durchzuwerfen, aber es war nicht mehr möglich. Man konnte leider nichts erkennen.

Angestrengt starrte er nun mit freiem Auge in die Richtung, wo er den winzigen, grauen, fliegenden Punkt erspäht hatte. Ohne Erfolg! Es war nichts mehr zu sehen.

Lilo glaubte nicht an UFOs und zweifelte daher an Axels Beobachtung. „Wahrscheinlich hast du ein Auto gesehen, in dem sich die Sonne gespiegelt hat. Oder eine Fernsehantenne auf einem Dach."

Axel schaute sie böse an. „Pass auf, ich bin vielleicht ein Salzburg-Streber und um gut zehn Zentimeter zu klein gewachsen. Meine Augen sind aber nicht die schlechtesten. Ich habe eine fliegende Untertasse gesichtet. Sie hat sich gedreht und ist aufgestiegen. Allerdings hat sie dann wieder an Höhe verloren. Vielleicht musste sie notlanden."

„Das kann doch auch ein Vogel gewesen sein", meinte Poppi.

Axel schnaubte wütend. Diese Mädchen konnten ihn wirklich zum Wahnsinn treiben. „Ja, es war eine Kreisel-Schwalbe in ihrem neuen hypermodernen Alu-Regenmantel!", rief er. „Habt ihr noch nie von diesen Vögeln gehört? Typisch. Total ungebildet."

Er ließ die verdutzte Lilo und die erstaunte Poppi stehen und stapfte die Stiege hinunter. Seine Großmutter hatte schon Recht. Man durfte nicht alles sagen, was man glaubte. Dann wurde man nämlich sofort für verrückt oder bekloppt gehalten. Von seinen Knickerbocker-Kumpels hätte er das zwar nicht gedacht, aber man konnte sich täuschen. Axel war sauer. Doch ein kleiner Zweifel nagte auch an ihm. War es nun wirklich ein UFO gewesen? Lilo hatte ihn ein wenig verunsichert . . .

Er lief noch einmal auf die Turmterrasse und suchte die Stelle am Horizont, über der er das fliegende Objekt gesehen hatte. Es war ein gelbes Haus mit einem leuchtend roten Dach am anderen Ufer der Salzach.

Zu Mittag sollten Axel, Lieselotte und Poppi Frau Pomassl beim Schloss Mirabell im Zwergerlgarten treffen. Bis dahin war noch ein wenig Zeit. Jedenfalls genug Zeit, um das Haus zu suchen. Vielleicht hatte das UFO eine Spur hinterlassen . . .?

Es lebe Poppis Mutter und ihre Überängstlichkeit, dachte Axel. Frau Monowitsch schwebte ständig in der Sorge, ihrer Tochter könnte etwas zustoßen. Zum Beispiel wäre es möglich, dass sie sich in Salzburg verläuft. Damit sie dann nicht jahrelang durch die Gassen irrt, hatte sie Poppi einen Stadtplan mitgegeben. Dieser Plan war Axel nun sehr nützlich. Er hatte den Bereich eingezeichnet, in dem sich das UFO befinden konnte, und war mit seinen Freunden dorthin unterwegs.

Nachdem sie die Salzach überquert hatten, erklärte Axel: „Dieser Fluss hat der Stadt und dem Land den Namen gegeben. Auf dem Ufer, wo wir jetzt stehen, befindet sich übrigens unter anderem das berühmte Salzburger Marionettentheater. Ich war einmal in einer Vorstellung. Da haben Marionetten das Ballett ‚Der Nussknacker' getanzt. Einfach irre! In der Nähe liegt auch das Mozarteum. Dort kann man Musik studieren und Schauspielunterricht nehmen. Das wäre etwas für Dominik."

„Ich bleibe dabei, du bist ein absoluter Salzburg-Streber!", murmelte Lilo. Zum Glück hatte es Axel nicht gehört. Denn nun war er viel zu sehr mit der Suche nach dem UFO beschäftigt.

Tatsächlich gelang es ihm dann auch, das gelbe Haus mit dem ziegelroten Dach ausfindig zu machen. Axel umkreiste es mehrere Male, doch er konnte nichts Verdächtiges entdecken.

Das heißt, einmal begegnete er einem kleinen Mann in einem weiten, grünen Lodenmantel. Es war zweifellos ein Liliputaner, der angestrengt auf den Boden starrte. Er übersah den Jungen und prallte mit ihm zusammen. Statt einer Entschuldigung zischte er nur: „Pass auf, wo du hintrittst, Früchtchen“, und trippelte hastig weiter.

Lieselotte lachte, als ihr Axel von dieser Begegnung erzählte.

„Vielleicht war es ein kleines, grünes Männchen, das sich in Salzburg einen Lodenmantel gekauft hat. Nun ist es aber wieder unterwegs zu seinem Heimatplaneten“, spottete sie. Axel gab ihr darauf nicht einmal eine Antwort. Es hatte doch keinen Sinn. Lilo hatte einen Sturschädel, in den nur hineinkam, was sie hineinließ. Und für UFOs war eben kein Platz.

Nach einer Weile brach der Junge die Suche erfolglos ab. Sollte Lieselotte Recht behalten? Hatte er sich wirklich getäuscht?

Lang-Fing-Fang

„Drehpause bis 17 Uhr!“, verkündete der Regisseur. Für Dominik bedeutete das bereits Drehschluss. Er hatte an diesem Tag keine Szene mehr zu spielen.

Uschi begleitete ihn zuerst zum Abschminken und dann in den Wohnwagen, wo er sich umziehen konnte. „Tut mir Leid, dass Mister Widderlos und Mister Treeday so unmöglich sind“, sagte sie.

Dominik zuckte mit den Schultern. „Was soll's? Es sind nur noch zwei Drehtage.“

Von draußen drang ein dumpfes Schreien in den Wohnwagen. Die Stimme gehörte zweifellos Mister Widderlos.

„Warum tobt er so?“, erkundigte sich Dominik.

„Er telefoniert. Das tut er ununterbrochen. Das Funktelefon des Produktionsleiters befindet sich im Auto neben diesem Wohnwagen. Darum hören wir ihn so gut. Eigentlich braucht dieser Widderlos gar kein Telefon. Der brüllt, dass man ihn auch noch in Amerika hören kann.“

Dominik war neugierig geworden. „Mit wem spricht er?“

Uschi grinste verschmitzt. „Mit wem, weiß ich nicht. Aber ich habe schon ein paar Mal gelauscht. Der Typ sagt immer das Gleiche. Er brüllt dem Menschen am anderen Ende der Leitung zu, er solle endlich verkaufen! Aber beide! Er zahle jeden Preis. Sie wollen es so. Er muss ihnen helfen, damit sie kommen können.“

Dominik war mittlerweile wieder in seine Jeans und seinen Pulli geschlüpft. „Und wer ist ‚sie'?"

Darauf wusste Uschi keine Antwort.

Das Knallen einer Autotür verriet, dass Mister Widderlos sein Gespräch beendet hatte.

Gleich darauf holte der Fahrer Dominik ab und brachte ihn nach Hause.

Dort sollte ihn eine gespenstische Überraschung erwarten . . .

Ungefähr zur gleichen Zeit schlenderten die Knickerbocker-Freunde mit Pauline Pomassl durch den Mirabellgarten. Die Großmutter hatte sich diesen Spaziergang von Axel und den beiden Mädchen gewünscht. Poppi bestaunte die vielen Sträucher, die zu Kugeln oder Pyramiden gestutzt waren.

Über eine kleine Brücke ging es dann in den berühmtesten Teil des Parks rund um das Schloss Mirabell: den Zwergerlgarten.

Dreizehn steinerne Zwergenfiguren sind hier zu sehen. Mit den kitschigen Gartenzwergen von heute haben sie aber nichts gemeinsam. Es sind kleine Menschen mit grotesken Gesichtern. Da finden sich eine bucklige Obstverkäuferin, die ihre Ware anpreist, und ein „Stotterer", der den Besuchern die Zunge zeigt. Ein Harlekin und ein Ballspieler sind ebenso zu bewundern wie der Mann mit Huhn oder der Türke, der versucht einen Baum auszureißen. An seinem Gesicht kann man erkennen, dass er sich zu viel zugemutet hat.

Lachend versuchten Axel und Poppi die verschiedenen Posen der Zwerge nachzuahmen. Frau Pomassl

fand es zwar etwas respektlos, musste aber dennoch schmunzeln.

„Halt! Aufhalten! Der hat meine Geldtasche gestohlen! Halt!“, brüllte plötzlich ein Besucher. Er deutete aufgeregt auf die kleine Gestalt, die versuchte zwischen den Menschen unterzutauchen.

„Mein Geld! Es ist verschwunden!“, schrie nun eine Frau. Gleich darauf stellten auch andere Spaziergänger fest, dass ihnen die Uhr, das Geld oder ein Schmuckstück fehlte.

Alle blickten fassungslos in der Gegend herum. Wer sollte da ein Dieb sein?

„Dort ... das Kind ... das Kind war es! Aufhalten!“, kreischte eine Dame und deutete zum Ende des Zwergerlgartens, wo sich hohe Hecken erhoben.

„Der Dieb läuft in das Heckentheater ...“, murmelte Pauline.

Kurz entschlossen nahm Axel die Verfolgung des Gauners auf. Im Sprinten war er zum Glück sensationell. Keiner machte ihm Platz. Axel musste im Zickzack durch die Menge sausen. Einem dicken Herrn im Trachtenanzug konnte er aber nicht mehr rechtzeitig ausweichen. Er prallte voll gegen seinen runden Bauch.

„Entschuldigung“, rief Axel und wollte weiter. Aber der Mann packte ihn an der Jacke und hielt ihn eisern fest.

„Halt, mein Bürschchen. So leicht geht das nicht. Wir sind da nicht auf einem Spielplatz, sondern in einem Park. Was soll das Gerenne? Wir marschieren jetzt gemeinsam zum Parkwächter und du erzählst ihm dann, was du hier treibst ...“

„Lassen Sie mich los!“ Axel schlug wütend um sich. „Der Taschendieb ... ich habe den Taschendieb verfolgt. Lassen Sie mich laufen, sonst entkommt er.“

Der wohlbeleibte Mann dachte nicht daran. „Vielleicht bist du selbst der kleine Langfinger.“

Axel wusste sich nicht mehr anders zu helfen. Er zwickte den Mann mit aller Kraft in die dicke Hand.

„Au!“, schrie dieser und ließ los.

Nun konnte der Junge weiter. Die Drohungen, die ihm der Herr nachbrüllte, hörte er nicht mehr.

Axel schlüpfte durch einen schmalen Spalt geschickt in das Heckentheater. Suchend blickte er sich um.

Jemand pfiff hinter ihm eine Melodie. Axel wirbelte herum und erblickte einen kleinen Mann. Er reichte ihm höchstens bis zur Brust.

Es war ein Liliputaner mit einem großen Kopf und kurzen Armen und Beinen. Er blickte Axel mit zusammengekniffenen Augen an. Der Junge hatte ein unbehagliches Gefühl. Der Gnom öffnete den Mund und grinste hämisch.

Schnelle Schritte kamen auf sie zu. Es war ein Parkwächter, der von den bestohlenen Touristen alarmiert worden war.

„Was ... was ist hier los?“, fragte er streng.

Der Liliputaner streckte seinen kurzen Arm aus und deutete mit dem dicken Zeigefinger auf Axel. „Der da ... ist ein Dieb. Ich habe es gesehen. Er hat geklaut!“, rief er mit einer seltsam schrillen, hohen Stimme.

Axel lief hochrot an. „Das ... das ist nicht wahr. Ich habe diesen Mann verfolgt. Er war es ... Er ist der Taschendieb.“

Der Parkwächter packte beide an der Hand. „Das soll die Polizei feststellen. Ihr kommt mit!"

Kurz vor sechs Uhr setzte der Buschauffeur Dominik beim Haus von Pauline Pomassl ab.

Kaum war der Wagen um die Ecke gebogen, machte Dominik eine schreckliche Entdeckung. Er klingelte einmal . . . zweimal . . . dreimal . . . Nichts! Es war noch niemand zu Hause. Dummerweise hatte Dominik auch keinen Schlüssel.

Er setzte sich auf die niedrige Vorgartenmauer und wartete. Untertags war es angenehm warm gewesen. Doch kaum versank die Sonne hinter dem Horizont, begann es spürbar kälter zu werden. Außerdem zog Nebel auf. Dominik knöpfte seine Jacke fest zu.

Der Junge stand auf und marschierte vor dem Haus auf und ab. Er hüpfte und sprang, um sich warm zu halten. Dominik begann zu laufen. Zuerst im Stand und dann die Straße hinunter. Er bog in eine Seitengasse und nahm dann gleich wieder die erste Quergasse rechts. Nun befand er sich an der Hinterseite des Grundstückes, auf dem Pauline Pomassls Haus stand. Er rannte weiter, am löchrigen Bretterzaun vorbei, der den verwilderten Garten und die verfallene Villa umgab.

Es war sehr ruhig in der Gasse. Weder ein Auto noch eine Stimme waren zu hören. Dominik erschrak über den Lärm, den seine Schuhe auf dem Asphalt erzeugten. Er wollte weg von da. Hier war es ihm nicht geheuer. Er trabte hastig zur nächsten Quergasse. Als er einbog, hörte er Schritte hinter sich. Schnelle, trippelnde Schritte. Dann ein Knarren . . . und wieder Stille.

Er presste sich an die Mauerkante des Eckhauses

und spähte zurück in die Gruselgasse. Außer einem parkenden Auto war nichts zu sehen.

Bis heute weiß Dominik nicht mehr warum. Aber aus irgendeinem Grund schlich er zurück. Er hatte Angst und seine Hände zitterten. Normalerweise hätte er sich das nie getraut. Doch jetzt gingen seine Füße ganz von allein. Wie ein Magnet zog ihn der morsche Bretterzaun an.

Nun stand er direkt davor. Ein Brett war herausgebrochen. Dominik versuchte durch die Lücke in den Garten zu spähen. Das struppige Gebüsch, das dahinter wucherte, versperrte ihm ein wenig die Sicht. Doch dann sah er ihn. Da war ein Lichtschein, nur wenige Meter von der Villa entfernt. Das Licht kam . . . Dominik traute seinen Augen zuerst nicht. Aber er täuschte sich nicht. Das Licht kam aus dem Boden. Er schaute kurz in eine andere Richtung und kniff die Augen zusammen. Vielleicht war alles nur eine Täuschung. Als er danach das Licht wieder suchte, war es verschwunden.

Nun hielt ihn aber nichts mehr an diesem unheimlichen Ort. So schnell wie noch nie in seinem Leben rannte Dominik durch die Gassen und blieb erst wieder vor dem Gartentor von Pauline Pomassl stehen.

Hoffentlich würden seine Freunde bald eintreffen. Wo blieben sie nur so lange?

„Na, mein Kleiner?“, wisperte eine heisere Stimme hinter Dominik. Erschrocken zuckte er zusammen und drehte sich um. Er hatte keine Schritte gehört. Wer hatte sich da angeschlichen? Oder war ihm jemand gefolgt?

Hinter Dominik stand ein kleiner, gebückter alter Mann. Seine Füße steckten in dicken, abgewetzten Filzpantoffeln. Er trug eine schäbige, schlotternde Kordhose und eine warme Hausjacke, die einmal weinrot gewesen sein musste. Auf dem Kopf hatte er eine gestrickte Wollmütze, unter deren Rand lange, weiße Haarbüschel hervorquollen.

Das Merkwürdigste war aber das Gesicht des Mannes. Obwohl er schon über siebzig Jahre alt sein musste, war keine einzige Falte darin zu sehen. Seine Haut glänzte glatt und rosig. Er lächelte Dominik verschmitzt und ein wenig mitleidig an.

„Kalt?“, fragte er.

Dominik nickte. Er hatte mit dem Schlimmsten gerechnet und war nun sehr erleichtert, diesen schrulligen Mann zu sehen.

„Komm zu mir. Ich wohne in dem Haus gegenüber. Du kannst dich bei mir aufwärmen, bis Frau Pomassl heimkommt. Ich habe dich schon einige Zeit vom Fenster aus beobachtet. Wer bist du denn?“

Während Dominik dem Mann in sein kleines Haus folgte, stellte er sich vor und erzählte von seinen Freunden und der Knickerbocker-Bande. Er berichtete ihm auch von den schaurigen Beobachtungen bei der verfallenen Villa. Dafür erntete er aber nur ein lautes Lachen.

„Ihr jungen Leute starrt alle zu viel in den Glotzkasten... diesen Fernseher! Das ist doch Unsinn. Das müsste ich doch auch gesehen haben. Ich stehe jeden Tag viele Stunden lang am Fenster. Mir ist aber nichts aufgefallen. Gar nichts! Wahrscheinlich war das nur das Licht der Straßenlampe, die gerade eingeschaltet worden ist." Der alte Mann kicherte mit seiner hohen Stimme und wurde dann von einem Hustenanfall geschüttelt.

Der freundliche Nachbar servierte Dominik Tee und Kekse.

„Mein Name ist Alois. Alois Schüsselmoser", stellte er sich vor. „Ich war früher einmal Fotograf. Das sind alles meine Werke." Er deutete auf die Fotografien, die in Rahmen an den Wänden hingen.

Dominik bewunderte die Aufnahme einer wilden Schlucht mit hohen Felsen, durch die sich ein Sturzbach den Weg bahnte. „In welchem Land haben Sie die geknipst? Dort will ich auch einmal hin!"

„Du bist schon da! Das, was du da siehst, ist die Liechtenstein-Klamm in Salzburg", erklärte ihm Herr Schüsselmoser. „Da hat das Wasser einen Kessel mit dreihundert Meter hohen Wänden in den Fels gebohrt. Die Bilder daneben zeigen dir übrigens das berüchtigte Lamprechts-Ofenloch." Bei diesem Namen senkte er die Stimme zu einem geheimnisvollen Flüstern.

Dominik war neugierig geworden. „Was ist dort?"

„Das Lamprechts-Ofenloch ist die größte Wasserhöhle Österreichs. Rauschende und schäumende Wasserfälle stürzen aus den Wänden. Im Mittelalter haben deshalb viele Räuber, aber auch Edelleute ihre Schätze in dieser Höhle versteckt. Das hat sich natürlich herumgesprochen und die Menschen sind hineingegangen, um die Reichtümer zu suchen."

Die Felsenreitschule in Salzburg
Aus dem Mönchsberg wurden die Steine für den Dom in Salzburg gebrochen.
Später wurden in die Wände des Steinbruchs Logen und Galerien für Zuschauer geschlagen. In der Arena fanden Pferderennen und Tierkämpfe statt.
Heute dient die Arena als Zuschauerraum und die Felsen des Mönchsberges wurden zur Bühne, auf der Opern und Konzerte aufgeführt werden.

In der sechs Meter hohen Figur steckt nur ein Mensch. Deshalb kommt es manchmal vor, dass der Samson umkippt.

Die Pasterze ist ein riesiger Gletscher auf dem Großglockner. Das bis zu 250 Meter dicke Eis fließt im Jahr 50 Meter talwärts. Das Eis am Ende der Pasterze besteht aus gepresstem Schnee, der vor vielen hundert Jahren auf den Gipfel gefallen ist!

Krimmler Wasserfälle
Die höchsten Wasserfälle Europas. Nahezu 400 Meter stürzt das Wasser in die Tiefe. In der Sekunde fließen bis zu 40 000 Liter!

„Haben sie welche gefunden?“, fragte Dominik.

„Jaja, immer wieder. Aber auf dem Weg zu den Schätzen haben sie auch menschliche Skelette und Totenschädel entdeckt. Hunderte sind nämlich im Labyrinth der Höhlengänge ums Leben gekommen.“

Dominik schluckte. Er beschloss, auch weiterhin ohne Schatz zu leben. Doch Herr Schüsselmoser war noch nicht fertig.

„Einmal . . . einmal . . . um 1700, da ließ der Erzbischof die Höhle sogar vermauern. Damit sie nicht noch weitere Todesopfer forderte. Doch der Höhlenbach hat die Absperrung gesprengt und den Zugang wieder freigelegt.“

Dominik hatte nun genug von Schauergeschichten und wandte sich den übrigen Bildern zu.

„Das sind Bilder und Texte aus einer ‚Salzburg-Ausstellung‘, die ich in Los Angeles gemacht habe“, erzählte Herr Schüsselmoser. „Ich bin mit meinen Aufnahmen weit herumgekommen . . .“ Er nickte und blickte wehmütig vor sich hin.

Auf der Straße fuhr ein Auto vor und hielt. Dominik lief zum Fenster und schob die Vorhänge zur Seite. Es war ein Taxi, aus dem Frau Pomassl und seine Freunde stiegen.

„Vielen Dank, dass ich hier warten durfte“, sagte er zu Herrn Schüsselmoser und schüttelte ihm die Hand. Nun konnte er es aber nicht mehr erwarten, den anderen von seinen Neuigkeiten zu berichten.

Kaum war die Eingangstür zugefallen, schritt Herr Schüsselmoser hinauf in den ersten Stock seines Hauses. Er öffnete eine Tür und rief: „So . . . jetzt kannst du wieder herauskommen!“

„Wir haben alles abgesucht, aber nichts gefunden. Und bei sich hatte der Zwerg auch keine Beute!“ Axel redete wild auf Dominik ein.

„Dabei kann er nicht weit gekommen sein. Er muss die gestohlenen Sachen irgendwo beim Heckentheater versteckt haben. Aber wir konnten nichts entdecken!“, erzählte Lilo.

Dominik legte den Kopf zur Seite und meinte kurz und bündig: „Ich verstehe kein Wort!“

Nachdem sich Lilo und Axel geeinigt hatten, wer beginnen sollte, bekam Dominik einen genauen Bericht der Ereignisse beim Schloss Mirabell.

„Ich musste zur Polizei, aber selbstverständlich haben sie meine Unschuld erkannt“, sagte Axel.

„Allerdings wurde bei diesem Gnom auch nichts gefunden. Du hättest sehen sollen, wie böse mich der ständig angeschaut hat.

Wir haben dann ein großes Stück des Parks abgesucht. Eigentlich hätte der Zwerg nur dort die gestohlenen Sachen verstecken können, aber es war nichts da. Überhaupt nichts.“

„Vielleicht gibt es eine Geheimtür im Rasen. Der Dieb hat sie aufgeklappt, die Sachen hineingeworfen und wieder verschlossen“, mutmaßte Dominik.

Doch daran glaubte keiner.

„Das Zeug muss sich in Luft aufgelöst haben. Oder so etwas Ähnliches zumindest“, dachte Lilo laut.

Für sie stand nun einiges fest. „Wir haben es hier mit einem oder möglicherweise sogar mit mehreren Taschendieben zu tun. Erinnert ihr euch an gestern? Da haben die bestohlenen Damen auch von einem kleinen Mann gesprochen, der sie angerempelt hat.“

„Das könnte ebenfalls der Liliputaner gewesen sein“, meinte Axel.

Dominik erzählte den Knickerbocker-Freunden nun auch von seinen Beobachtungen und von dem schrulligen Herrn Schüsselmoser.

„Bist du ganz sicher, dass du das Licht gesehen hast?“ Axel blickte der Reihe nach seine Freunde an. Dominik war felsenfest davon überzeugt.

„Ob es etwas mit den UFOs zu tun hat?“, fragte der Junge seine Freunde.

Lilo machte eine verächtliche Handbewegung. „Du mit deinen UFOs! Vergiss sie. Denk lieber an den angeblichen Spuk in diesem Haus. Seit wir hier sind, macht er Pause. Aber wir sollten auch dafür sorgen, dass er nicht wiederkommt.“

Axel schlug sich mit der flachen Hand auf die Stirn. „Ich Trottel!“

„Selbsterkenntnis ist der erste Weg zur Besserung!“, lautete Dominiks Kommentar.

Axel ging darauf gar nicht ein. „Oma hat die Geräusche doch vor allem auf dem Dachboden gehört. Bis jetzt waren wir nicht einmal oben und haben nachgeschaut, was es sein könnte.“

Lilo nickte zustimmend. „Vielleicht klärt sich alles als völlig harmlos auf.“

Oder auch nicht . . .

Eine schaurige Entdeckung

Pauline Pomassl rief die Kinder zum Essen, das sie blitzartig gezaubert hatte. Eine Stärkung konnten nun alle gut brauchen.

Nach dem Abendessen verkündete die Großmutter, dass sie dringend Ruhe nötig habe. Die Aufregungen des Nachmittags hatten sie sehr angestrengt. Deshalb zog sie sich früh in ihr Schlafzimmer zurück. Den Kindern nahm sie das Versprechen ab, noch vor halb zehn ins Bett zu gehen.

Axel, Lilo, Dominik und Poppi nickten im Takt, als hätten sie es einstudiert. Dabei hatten sie alle das „Wir-sind-die-absolut-superbraven-Musterkinder-Gesicht" aufgesetzt.

Kaum aber war Axels Großmutter außer Hörweite, flüsterte ihr Enkel seinen Knickerbocker-Kumpanen zu: „Sie hat nicht gesagt, ob sie halb zehn Uhr abends oder morgens meint!"

Also beschloss Axel auf den Dachboden zu klettern.

„Ich komme mit!", sagte Lilo.

Axel schüttelte den Kopf. „Geht nicht, es ist dort oben wahnsinnig eng und außerdem würden wir zu viel Lärm machen. Omas Schlafzimmer liegt doch genau unter dem Dachboden."

Dieses Argument ließ Lieselotte gelten.

In Pauline Pomassls Haus hätte man jederzeit einen Werbefilm für Haushaltsputzmittel drehen können. Alles blitzte, blinkte und strahlte vor Sauberkeit.

Als Axel die morsche Holzleiter auf den Dachboden hinaufkletterte, murmelte er: „Wahrscheinlich flüchtet der gesamte Staub hier herauf und feiert fröhliche Feste."

Auf dem Betonboden und den Holzpfeilern lag nämlich eine fingerdicke Schmutzschicht.

Axel ließ den Strahl seiner Taschenlampe durch den muffigen Dachboden streifen. Als er einen der dunklen Holzträger traf, zuckte er zusammen. Zwei große, runde Augen starrten hinter dem Balken hervor. Axel wartete ein paar Sekunden, atmete dann tief durch und leuchtete noch einmal auf den Pfeiler. Die Augen waren noch immer da. Tot und regungslos blickten sie ins Nichts.

Es waren die Glasaugen einer ausgestopften Eule, die jemand auf dem Holzbalken befestigt hatte.

Axel atmete erleichtert auf. Vorsichtig bahnte er sich einen Weg durch das Gerümpel, das auf dem Dachboden herumstand. Um seine Großmutter bestimmt nicht zu wecken, hatte er seine Schuhe ausgezogen und marschierte in Socken über den Estrich.

Nachdem er sich gründlich umgesehen hatte, stand für ihn eines fest: Es gab nur einen einzigen Weg, den Dachboden von außen zu betreten: ein winziges Fenster in der rechten Giebelwand. Die Scheibe war zerbrochen und die kalte Nachtluft wehte herein.

Durch diese Luke kann sich aber höchstens Mister Superschlank, der Gummimensch, gezwängt haben, überlegte Axel. Oder ein Geist . . . oder ein Außerirdischer . . .!

Er tappte zum Fenster, achtete dabei aber einen Moment lang nicht, worauf er trat. Schon war er über einen rostigen Vogelkäfig gestolpert. Es krachte und schepperte. Axel blieb regungslos stehen und wartete. Hoffentlich hatte er seine Großmutter nicht geweckt. Als sich unter ihm nichts rührte, setzte er seinen Weg fort.

Endlich war er beim Giebelfenster. Er leuchtete mit seiner Taschenlampe die scharfen Glaszacken ab, die noch im Rahmen steckten. Vielleicht hatte der spukende Eindringling einen Hinweis auf seine Person hinterlassen. Fäden oder Haare ...

Axel entdeckte jedoch nur einen Riegel im Holz, mit dem das Fenster verschlossen war. Der Metallhaken war schon lange nicht mehr geöffnet worden. Das bewies eine dicke Schicht aus Staub und Rost, die an ihm klebte.

Mit viel Kraft gelang es dem Jungen, das Fenster zu entriegeln und den Holzrahmen mit den Splittern zur Seite zu klappen. Nun war die Öffnung groß genug, um den Kopf durchzustecken.

Das Giebelfenster befand sich auf der Seite des Hauses, die an das Nachbargrundstück grenzte, auf dem die alte Villa stand.

Axel beugte sich hinaus und hatte nun einen guten Blick in den Nachbargarten. Es war zu dunkel, um Genaueres zu erkennen. Er wollte schon wieder den Kopf zurückziehen, als er eine schaurige Entdeckung machte.

Knapp neben der alten Villa tat sich plötzlich der Boden auf. Ein schmaler Lichtstreifen kam zum Vorschein. Er wurde breiter und breiter und breiter, bis er die Größe eines Türrahmens hatte. Im gleißenden Licht glaubte Axel den Zugang zu einer Treppe zu erkennen. Jemand kam von unten herauf. Im Gegenlicht war er für Axel nur ein schwarzer Schatten. Der Unbekannte blieb mit einem Ruck stehen und zog etwas unter seinem Mantel hervor. Ehe Axel noch den Rückzug antreten konnte, traf ihn ein greller Lichtstrahl im Gesicht. Die Gestalt auf der Treppe musste eine starke Taschenlampe auf ihn gerichtet haben.

Geblendet schloss der Junge die Augen. Unter ihm knirschte und kratzte es. Als er zwischen den Wimpern durchblinzelte, konnte er nichts mehr entdecken. Im Nachbargarten herrschte wieder stockfinstere Nacht.

Verdammt, dachte er, verdammt! Wieso hat mich der Kerl bemerkt? Und was ist das für eine Geheimtür im Boden?

Axel nahm seine Taschenlampe und zwängte den Arm neben dem Hals durch die Dachluke. Er knipste sie an und leuchtete hinunter in den Nachbargarten.

Er schauderte, als er erkannte, um welche Art von Geheimtür es sich handelte: Es war ein Gruftdeckel.

Während Axel vom Dachboden wieder herunterkletterte, stand Dominik am Fenster des Jungenzimmers und blickte zum Haus von Herrn Schüsselmoser. Die Fensterläden waren alle geschlossen. Der alte Herr schien bereits zu schlafen.

In der ganzen Straße herrschte Ruhe. Kein Fußgänger war um diese Zeit mehr unterwegs.

„Wie ausgestorben“, meinte Dominik. Er wollte hinuntergehen und noch ein Glas Milch trinken.

Gerade als er diesen Entschluss fasste, bog ein Wagen in die Straße ein. Es war eine große, teure Limousine, deren Motor kaum zu hören war. Das Licht der

Autoscheinwerfer warf gespenstische Schatten in das dunkle Zimmer.

Der Wagen hielt und die beiden hinteren Türen flogen auf. Zwei Männer stiegen aus und begutachteten die alte Villa und das Haus von Pauline Pomassl. Sie flüsterten miteinander und man konnte deutlich sehen, dass sie aufgeregt waren. Immer wieder blickten sie zum Nachthimmel und deuteten mit den Fingern in die Höhe. Nun machten sie einige Schritte zur Seite und standen genau unter der Straßenlaterne.

Dominik presste sich an die Wand neben dem Fenster und schnaufte heftig. Er zog den Vorhang so vor sich, dass ihn von draußen bestimmt keiner sehen konnte. Vorsichtig spähte er auf die Gasse.

Er hatte sich nicht getäuscht. Sie waren es wirklich. Unten auf der Straße standen die zwei Männer, die er an diesem Tag schon gesehen und nicht in guter Erinnerung behalten hatte: Gregory Widderlos und Tim Treeday. Was wollten sie hier?

Die beiden nickten und machten zufriedene Gesichter. Sie sprangen wieder in die Limousine und gleich darauf glitt der lange, amerikanische Straßenkreuzer um die Ecke.

Dominik rannte wie der Blitz zu seinen Freunden ins Wohnzimmer.

Die Gruft des Grauens

„Diese verfallene Villa birgt ein Geheimnis. Dessen bin ich mir nun völlig sicher!“, rief Dominik.

Die Knickerbocker-Bande hatte sich zur Beratung auf den Teppich im Wohnzimmer gesetzt. Auf Poppis Schulter turnte ihr Goldhamster Maximilian und suchte nach Futter.

„Ich wette, hinter dem alten Gemäuer tut sich Absonderliches“, versicherte Dominik den anderen noch einmal.

Lilo sah ihn nachdenklich an. „Erstens schrei bitte nicht, sonst steckt uns Frau Pomassl sofort ins Bett. Und zweitens rede nicht so geschraubt. Wir sind hier nicht auf der Bühne!“ Dominik verzog schmollend den Mund. Lilo wollte ihn nicht beleidigen, deshalb fügte sie freundlich hinzu: „Wir sind alle der gleichen Meinung. Du hast völlig Recht.“

„Allerdings haben wir es mit zwei verschiedenen Sachen zu tun. Da wäre einmal diese Gruft. Was ist in der drinnen?“, überlegte Axel laut. „Und zweitens sind da die beiden Typen aus Hollywood. Der Regisseur und der eklige Schauspieler. Warum interessieren sie sich für die Villa?“

Dominik hatte einen Verdacht. „Dieser Herr Schüsselmoser von gegenüber hat doch eine Ausstellung in Los Angeles gemacht. Vielleicht suchen sie den alten Fotografen und haben sich nur in der Straßenseite geirrt . . .“

„Quatsch“, meinte Axel. „Absoluter Quatsch.“

„Vielleicht sind sie hinter ihm her, weil er sie beim Nasenbohren geknipst hat und nun droht, die Fotos an die Zeitung weiterzugeben", vermutete Dominik.

„Blödsinn!" Lilo schüttelte den Kopf und kaute unruhig an beiden Zopfspitzen. Ein Zeichen dafür, dass sie fieberhaft grübelte.

„Axel", sie wandte sich ihrem Freund zu und sah ihn lange an. „Axel, wie schnell kriegst du das große Zittern?"

Axel zuckte mit den Schultern. „Ich bin sicher kein Angsthase, wieso?"

„Wir müssen diese Gruft unter die Lupe nehmen. Noch heute Nacht."

Axel schluckte. Mit diesem Vorschlag hatte er nicht gerechnet.

„Falls du nicht mitkommst", sagte Lieselotte, „gehe ich allein."

„Nein, nein, das machen wir gemeinsam", rief der Junge schnell. Wohl fühlte er sich beim Gedanken an diesen Ausflug ganz und gar nicht, aber das wollte er nicht zugeben.

Poppi blickte ihre Freunde ängstlich an. „Aber das ist gefährlich. Was ist, wenn euch etwas passiert?"

„Dominik und Poppi, wenn wir in einer Stunde nicht zurück sind, verständigt ihr die Polizei. Abgemacht?", sagte Lieselotte.

Die beiden Jüngeren nickten. Dominik regte sich für gewöhnlich sehr auf, wenn ihn die Großen nicht mitnahmen. Diesmal war er aber erleichtert darüber, dass er daheim bleiben konnte, ohne Angsthase genannt zu werden.

Nebelschwaden zogen durch die Nacht, als Lieselotte und Axel durch die Hintertür des Hauses ins Freie huschten. Sie hatten sich sehr warm angezogen und mit vier Taschenlampen ausgerüstet. Jeder trug eine in der Hand. Die anderen hatten sie als Ersatz in den Jackentaschen.

Sowohl Lilo als auch Axel spürten, wie weich ihre Knie waren, als sie hinter einer hohen Tanne über den rostigen Maschenzaun kletterten.

Nun standen sie also im Garten der alten Villa. Für ein paar Sekunden wagten sie keinen Schritt. Beide warteten ab, ob irgendetwas geschehen würde. Doch es tat sich nichts.

Zaghaft tasteten sie sich weiter vor. Das modrige Laub raschelte und die abgebrochenen Äste knackten unter ihren Füßen. Wie Böllerschüsse klang das Splittern der trockenen Zweige in Axels Ohren.

Die Freunde schlängelten sich zwischen Dornenranken und Sträuchern zu dem baufälligen, großen Haus. In der Nacht wirkte die alte Villa wie eine dicke Kröte, die zwischen den Bäumen thronte.

Axel deutete Lilo stehen zu bleiben. Er leuchtete mit der Taschenlampe auf eine steinerne Figur, die einen Edelmann in alter Tracht darstellte. Die Statue befand sich nur wenige Schritte von ihnen entfernt auf einem grauen Steinsockel. Lieselotte ging näher heran, um die Inschrift zu lesen, die darauf eingemeißelt war.

„Ingo Edler von Bollental, 1728–1759“, lautete sie.

Vor dem Grabstein lag eine dicke, verwitterte, mit Moos bewachsene Steinplatte: der Gruftdeckel. Unter ihm musste sich die Stiege befinden, die Axel vom Dachboden aus gesehen hatte.

Die beiden Knickerbocker-Freunde knieten nieder und versuchten den Gruftdeckel wegzuschieben. Er rührte sich keinen Millimeter. Noch einmal stemmten sich Axel und Lilo mit aller Kraft dagegen. Nichts!

Der Junge stand auf und begann das Grabmal zu untersuchen. Vielleicht befand sich am Grabstein ein Knopf oder ein Hebel, mit dem man den Mechanismus auslösen konnte. Er zwickte den steinernen Herrn in die Nase, zog ihn an den Ohren, boxte ihn in den Bauch und drückte ihm auf die Zehen. Es nützte alles nichts.

Lilo und Axel seufzten. Enttäuscht erhoben sie sich und starrten wütend auf die Gruft, die sich nicht öffnen lassen wollte.

„Wir sollten in die Villa gehen und dort suchen", schlug Lilo vor. Axel war einverstanden. Er tappte vorsichtig an der Umrandung der Gruft entlang zu seiner Freundin, die schon in Richtung Haus unterwegs war.

Plötzlich hörte das Mädchen ein lautes Rascheln hinter sich und einen leisen Aufschrei. Sie wirbelte herum und starrte in die Finsternis. „Axel?", rief sie fragend.

„Hier . . . ich bin gestolpert . . .", hörte sie ihren Detektiv-Kumpel. Er lag neben der Gruft auf dem Boden und hielt sich das Bein.

„Ist dir etwas passiert?", flüsterte Lieselotte. Axel schüttelte den Kopf. „Da steht etwas seitlich aus der Grufteinfassung heraus. Ich bin mit dem Fuß daran hängen geblieben."

Der Junge tastete nach dem „Fallstrick" und leuchtete mit der Taschenlampe darauf. Es handelte sich um einen schwarzen Eisengriff, der vom Laub verdeckt war. Axel schob die Blätter beiseite und betrachtete ihn genauer. Ihm fiel sofort etwas auf. Er war völlig sauber und vor allem nicht rostig. Ein eindeutiges Zeichen dafür, dass der Griff in letzter Zeit benützt worden war. Axel zögerte einen Moment, dann packte er die eiserne Schlinge und versuchte sie zu bewegen. Sie ließ sich weder heben noch senken. Der Junge konnte den Griff auch nicht nach vorne oder hinten drücken. Er war anscheinend fest einbetoniert. Warum und wozu, war für Axel aber rätselhaft. Zuletzt versuchte er den kurzen Stab hineinzudrücken.

Es klappte. Der Griff gab mit einem leichten Ruck nach und verschwand im Stein. Es klickte und knirschte und Lilo schnappte nach Luft.

Der Gruftdeckel schwenkte – wie von Geisterhand bewegt – zur Seite.

Gespannt starrten die beiden Junior-Detektive in die längliche Öffnung. In der Gruft herrschte völlige Finsternis.

Axel ließ den Schein seiner Taschenlampe in die Tiefe fallen. Vor ihnen lag eine abgetretene Steintreppe, die bereits nach wenigen Metern einen Knick machte.

Lieselotte schaute ihren Freund an und deutete mit dem Kopf in Richtung Gruft. Axel nickte sehr langsam. Lilo ging voran. Schritt für Schritt gelangte sie tiefer in die Grabkammer. Die Wände und Stufen schimmerten feucht. Die Luft roch aber weder modrig noch muffig.

Die beiden Knickerbocker-Kumpel waren nun bei der Stelle angelangt, wo die Treppe um die Ecke bog.

Lieselotte leuchtete nach vorne. Von hier aus konnten sie sehen, dass die Stiege in einen niedrigen, unterirdischen Raum führte.

Axel blickte Lilo an. Lilo blickte Axel an. Beide überlegten. Sollten sie weitergehen? Was würde geschehen, wenn jemand unten auf sie wartete? War die schwarze Gestalt, die Axel gesehen hatte, noch hier? Oder hatte sie die Gruft bereits verlassen?

„Wir sind bis hierher gekommen, jetzt gehen wir auch weiter“, beschloss Lilo. Allerdings nicht ohne Herzklopfen und Angstschweiß auf der Stirn. Dabei war es in der Gruft noch kälter als im Freien.

Sehr langsam stiegen die beiden Knickerbocker weiter hinab . . .

Die Stimme aus dem Jenseits

Axel war äußerst unbehaglich zu Mute. Die Angst packte ihn wie eine große, graue, unsichtbare Hand und ließ ihn nicht los. Eine seltsame Kälte überfiel ihn. Seine Knie zitterten. Ständig hatte der Junge das Gefühl, einen eisigkalten Lufthauch zu spüren, der an seinen Wangen und Ohren vorbeistrich.

Lieselotte ging es nicht besser. Die Wände der Gruft, die aus großen Steinquadern zusammengesetzt waren, wirkten bedrohlich. Sie hatten sich im Laufe der Jahre etwas nach innen geneigt. Lilo hatte den Eindruck, sie könnten jederzeit auf sie niederstürzen.

Beide Knickerbocker-Freunde hatten den Kopf eingezogen und blickten sich ständig nach allen Seiten um. Sie waren jederzeit auf Überraschungen gefasst. Noch eine Stufe ... dann befanden sie sich in der niedrigen Grabkammer, die ungefähr die Größe einer Doppelgarage hatte. Lilo streckte den Arm aus und berührte mit den Fingerspitzen die Decke. Sie war feucht und eiskalt.

Axel ließ den Strahl seiner Taschenlampe über den Fußboden gleiten. Zu seinem großen Erstaunen war die Gruft völlig leer. In seiner Phantasie hatte er mit mindestens einem Sarg gerechnet.

„Diese Gruft hat wahrscheinlich nie als Gruft gedient", sagte Lilo leise zu ihrem Freund. Das hatte eine schaurige Folge. Von allen Wänden hallte Lilos Stimme wider und wurde vervielfacht. Für einige Se-

kunden war der Raum mit Geflüster und Geraune erfüllt. Dann herrschte wieder Stille. Axel deutete Lieselotte, nun kein lautes Wort mehr zu sprechen.

Sie knipsten alle vier Taschenlampen an und leuchteten damit den ganzen Raum ab. Zwei Wände waren kahl und leer. An der dritten war eine große, halbkugelförmige steinerne Tiermaske angebracht. Sie stellte einen brüllenden Löwen dar, der das Maul weit aufgerissen hatte.

An der Wand, die dem Stiegenabgang gegenüber lag, erkannten Lilo und Axel drei schmale Holztüren. Alle waren aus dem gleichen dunklen Holz gezimmert. Axel ging langsam darauf zu und versuchte eine schmiedeeiserne Schnalle hinunterzudrücken. Sie ließ sich zwar bewegen, die Tür öffnete sich aber trotzdem nicht. Entweder war sie versperrt oder von hinten verriegelt. Ebenso erging es ihm bei den beiden anderen Türen.

Lieselotte wollte sich nun dem Löwenkopf widmen. Als sie sich zu ihm drehte und ihn anleuchtete, erschrak sie.

„Axel“, rief sie leise.

„Axel, Axel, Axel, Axel, Axel, Axel . . .“, hallte es von den Wänden wider.

„Was ist?“

„Was ist? Was ist? Was ist?“, fragte das Gruselecho.

Lilo deutete stumm auf den steinernen Löwen. Sie beugte sich ganz knapp zum Ohr des Jungen und flüsterte so leise wie möglich: „In seinem Maul . . . in seinem Maul sind Augen. Augen eines Menschen.“

Axel richtete sofort die Taschenlampe auf die Steinfigur. Mutig marschierte er näher heran und leuchtete dem Löwen wie ein Zahnarzt in den Rachen.

Nichts! Von Augen keine Spur. Dort, wo eigentlich sein Schlund beginnen sollte, war die Mauer.

Der Junge drehte sich zu Lilo um und schüttelte den Kopf. Sie musste sich getäuscht haben. Vielleicht waren es zwei Wassertropfen gewesen. Langsam, aber sicher begann ihnen ihre Phantasie einen Streich zu spielen.

Ein leises Summen und Klicken ertönte. Das Geräusch klang gedämpft. Lilo lauschte einen Moment. Diese Laute kamen aus dem linken Raum.

Das Mädchen schlich auf Zehenspitzen hin und presste ihr Ohr gegen das Holz. Lilo hatte sich nicht getäuscht. Im Raum dahinter musste sich ein Gerät befinden, das sich wahrscheinlich gerade in Betrieb gesetzt hatte.

Plötzlich zerriss ein schriller Schrei die Stille. Er ging den beiden Knickerbocker-Banden-Mitgliedern durch Mark und Bein. Der Schrei hatte etwas Menschliches an sich. Er klang nach Verzweiflung und Todesangst.

Axel stürzte zu Lieselotte. „Was . . . was sollen wir jetzt machen?"

„Keine Ahnung, ich weiß doch nicht einmal, woher der Schrei kommt!" Wieder hallten ihre Stimmen durch den Raum und erzeugten ein gruseliges Raunen.

Stille. Der Schrei war plötzlich abgerissen.

Nun packte die beiden Knickerbocker-Freunde die Furcht. Axel hatte das Gefühl, es könnten jeden Augenblick die Türen auffliegen und Zombies herauswanken. Jetzt hielt ihn nichts mehr. Er hatte genug. Zum Teufel mit dem Mut!

„Weg, nur weg!", schrie er.

„Weg, weg, weg, weg, weg, weg!", hallte es von den

Gruftwänden. So schnell er konnte, rannte er die Treppe hinauf. Er glitt auf den feuchten Stufen aus und schlug sich das Schienbein auf. Der Schmerz war entsetzlich, doch Axel biss die Zähne zusammen und hastete weiter. Lilo folgte ihm.

Endlich waren sie wieder im Freien. Der Nebel war noch dichter geworden.

Hastig zog Axel den Metallstab aus dem Stein. Sofort schob sich der schwere Gruftdeckel wieder über den geheimen Abgang.

Stolpernd und stürzend rasten die beiden Junior-Detektive zum Zaun und kletterten in den Garten von Pauline Pomassl.

Wieselflink waren sie im Haus verschwunden und versperrten die Hintertür zweimal. Keuchend ließen sie sich auf den Boden sinken.

Der Schreck saß ihnen noch in den Gliedern. Zahllose Fragen stellten ihnen auch Poppi und Dominik.

Am nächsten Tag – es war ein Montag – schliefen die Mitglieder der Knickerbocker-Bande bis mittags.

Pauline Pomassl runzelte die Augenbrauen, als sie kurz nach zwölf Uhr die Treppe herunterkamen.

„Eigentlich habe ich gesagt, ihr sollt um halb zehn im Bett sein“, meinte sie. „War der Nachtfilm im Fernsehen wenigstens spannend?“

Die vier schauten einander an und prusteten dann vor Lachen. „Ja, sehr spannend, Oma!“, sagte Axel und setzte seinen treuherzigsten Blick auf. Der hatte den Groll seiner Großmutter bisher noch immer besänftigt.

„Na, wenigstens etwas“, murmelte Frau Pomassl.

„Was werden wir heute unternehmen?“, fragte sie Axel, Dominik, Lilo und Poppi beim Frühstück.

„Nichts!“, lautete die einstimmige Antwort der Knickerbocker-Bande. „Faul sein und noch einmal faul sein und wieder faul sein.“

Pauline Pomassl konnte über so viel Faulheit nur den Kopf schütteln. Sie stand auf und nahm ihren Einkaufskorb. In der Tür blieb sie plötzlich stehen, drehte sich um und schaute Poppi strafend an.

„Ihr habt mir gar nicht mitgeteilt, dass ihr zu fünft gekommen seid!“

„Was?“ Axel verstand nicht.

„Heute Morgen, als ich einen Blick zu Lieselotte und Poppi ins Zimmer geworfen habe, hat er gerade sein Lauftraining beendet...“

Poppi wurde hochrot im Gesicht und starrte in ihre Kakaotasse. „Ich... ich... weil Sie gesagt haben... Mausefalle... habe ich nichts...“, stotterte sie.

„So geht das wirklich nicht. Unmöglich! Das muss ich doch wissen. Ich bin empört!“

„Jetzt schaut sie aus wie eine strenge Oberlehrerin von vorgestern“, flüsterte Lieselotte.

Poppi hypnotisierte noch immer die Kakaotasse und wagte es nicht, den Kopf zu heben. Sie schluckte fest, bevor sie ein Wort herausbrachte. „Muss ich... muss ich... muss Maximilian weg?“

Pauline Pomassl schwieg. Nur das laute Ticken der Küchenuhr war zu hören. Axels Großmutter schien heftig zu überlegen. Sie blickte von Lilo zu Dominik, von Dominik zu Axel und von Axel schließlich zu Poppi.

„Mein Kind“, begann sie. Die Knickerbocker-

Bande sah sie gespannt an. „Mein Kind, ich finde Hamster überaus possierlich und putzig. Ich mag diese Tiere. Doch hättest du mir unbedingt sagen müssen, dass du deinen kleinen, pelzigen Freund mitgebracht hast. Schließlich muss ich doch auch für ihn etwas Fressbares einkaufen!"

Die vier lachten laut auf. Dieser Scherz war Frau Pomassl wirklich gelungen. Jetzt hatte sie die Knickerbocker-Bande tüchtig an der Nase herumgeführt. Die Großmutter lächelte verschmitzt und verabschiedete sich. „Seid schön brav, bis ich wiederkomme!", ermahnte sie die Kinder.

„Jaja", rief ihr Axel nach. „Wir machen auch bestimmt nicht auf, wenn der große böse Wolf anklopft!"

Kaum hatte Pauline das Haus verlassen, gähnte Lieselotte herzhaft. Bald darauf gähnten auch die anderen und konnten gar nicht mehr aufhören.

„Ich schlage vor, wir schlafen noch eine Runde. Wer einverstanden ist, geht nun hinauf und lauscht am Kopfpolster!", schlug Lieselotte vor. Keiner widersprach.

Ein blechernes Scheppern riss Dominik aus den schönsten Träumen. Er warf einen Blick auf seine Armbanduhr. Kurz vor zwei Uhr. Was konnte das bloß sein?

Es schepperte wieder. Sehr entfernt erinnerte das Geräusch an eine Telefonglocke. Dominik stieg aus dem Bett und öffnete die Zimmertür.

Das Läuten kam von unten aus dem Vorzimmer. Es handelte sich also wirklich um das Telefon. Allerdings musste die Glocke einen Doppelsprung haben.

Er tappte die Treppe hinunter und hob den Hörer ab.

„Dominik Kascha ... äh ... Hier bei Pauline Pomassl, bitte, wer spricht?“

Am anderen Ende der Leitung war nur ein heiseres Röcheln zu hören. Jemand atmete schwer.

„Hallo? Hallo? Wer spricht da?“, rief Dominik.

Ein Klicken verriet ihm, dass der Anrufer aufgelegt hatte.

„Ein Telefontrottel“, murmelte er und wollte wieder zurück ins Bett. Da rasselte das Telefon erneut. Der Junge ließ es einige Male klingeln und riss dann den Hörer in die Höhe.

„Hallo? Hier bei Pauline Pomassl!“

„Wer ... wer ...“, keuchte eine Stimme. Der geheimnisvolle Anrufer schien große Beschwerden beim Sprechen zu haben. „Wer die letzte Ruhe derer von Bollental stört ..., ist dem Tod geweiht. Hütet euch ... Hände weg ... weg ... weg ...!“

Peng! Dominik war der Hörer aus der Hand gefallen.

Einen kurzen Moment war er wie versteinert.

„Lieselotte! Axel! Poppi! Kommt schnell!“, brüllte er dann.

„Wer die letzte Ruhe derer von Bollental stört, ist dem Tod geweiht!“ Dominik stand vor seinen Freunden und spielte ihnen genau vor, wie die Stimme des Anrufers geklungen hatte.

„Kannst du nicht wie ein normaler Mensch reden und einfach sagen: Wer die letzte Ruhe der Bollentals stört, kratzt demnächst ab“, meinte Axel.

„Axel, ausnahmsweise ist der Grund für die komplizierte Formulierung nicht meine Ausdrucksweise, die bei dir keinen großen Anklang findet.“ Der Junge stutzte und überlegte, was er da gerade von sich gegeben hatte. Nun musste er selbst lachen. „Auf jeden Fall habe ich vorhin den genauen Wortlaut des Anrufers wiedergegeben“, schloss er seinen Bericht.

Lieselotte strich mit der Zopfspitze um ihre Nase.

„Ein Mann, der vor 200 Jahren gestorben ist, kann nicht anrufen. Ich glaube nicht an Stimmen aus dem Jenseits“, erklärte sie den anderen. „Jemand will uns abschrecken. Wir sollen die Gruft nicht mehr betreten. Das bedeutet: In ihr steckt ein Geheimnis, das nicht entdeckt werden darf.“

„Vielleicht . . . vielleicht . . . war das am Telefon ein Außerirdischer?“, meldete sich Axel zaghaft zu Wort.

„Der einzige Außerirdische, den es hier gibt, bist du. Du Mondkalb! Die Antwort auf unsere Fragen liegt in der Gruft. Wir müssen herausfinden, was sich hinter den Türen befindet. Wir werden noch einmal hinuntersteigen. Aber bei Tag!“, sagte Lilo.

Poppi war damit nicht einverstanden. „Ich finde, ihr solltet die Finger davon lassen. Die Warnung würde ich nicht so einfach abtun. Es hat jemand gedroht, euch zu töten ..."

„Poppi, das verstehst du ni ...!" Weiter kam Lieselotte nicht. Das Telefon schepperte erneut. Alle vier starrten gebannt auf den Apparat. Sollte es sich wieder um einen Anruf aus dem Jenseits handeln?

Axel nahm zaghaft den Hörer ab. „Ja, bitte ... hier Axel Klingmeier."

„Guten Tag! Top-Ten-Film-Produktion, wir hätten gern Herrn Kascha gesprochen." Diesmal war es also nicht der Geist des Edlen von Bollental, sondern der höchst lebendige Produktionsleiter. Er teilte Dominik mit, dass heute unbedingt noch eine Szene gedreht werden musste. Das Wetter würde sich laut Wetterbericht am nächsten Tag verschlechtern und deshalb sollte die Einstellung in den Kasten.

„Der Chauffeur holt dich in einer Stunde ab. Du fährst dann zum Schloss Hellbrunn."

„Dürfen meine Freunde mitkommen?", erkundigte sich Dominik.

„Meinetwegen ... ja ... Geht okay!"

„Iiiiihhhh ... nein ... Ich bin total nass. Wo kommt plötzlich das Wasser her!" Poppi lief entsetzt von dem steinernen Hocker weg.

Während Dominik mit dem Filmen beschäftigt war, führte ein älterer Herr die drei Freunde durch den Schlosspark von Hellbrunn. Poppi war müde. Deshalb war sie froh, als sie an einem Steintisch vorbeikamen, bei dem acht steinere Hocker standen.

„Darf man sich hier niedersetzen?“, fragte sie.

Der Schlossführer nickte und schmunzelte verschmitzt. Axel stieß Lieselotte mit dem Ellbogen in die Rippen und grinste. Er wusste bereits, was geschehen würde.

Kaum näherte sich Poppi dem Tisch, schoss plötzlich Wasser aus den Hockern. Quietschend brachte sich das Mädchen in Sicherheit.

„Was . . . was war denn das?“, rief Poppi.

„Das sind die berühmten Wasserspiele von Hellbrunn“, erklärte der Herr. „Vor rund dreihundert Jahren hat ein Erzbischof diesen Tisch bauen lassen. Als eines Abends eine lustige Gesellschaft daran Platz genommen und ziemlich viel getrunken hatte, gab er seinem Brunnenmeister einen Wink. Und gleich darauf geschah das Gleiche wie vorhin. Aus den Hockern spritzte Wasser. Nur der Sitz des Erzbischofs blieb trocken. Die strenge Hofsitte schrieb nun vor, dass sich die Gäste erst erheben durften, wenn der Schlossherr aufstand. Und der blieb lachend noch eine Weile sitzen!“

„Gibt es hier im Schlosspark von Hellbrunn eigentlich noch andere ‚feucht-fröhliche‘ Späße?“, erkundigte sich Lieselotte.

„Sehr viele sogar“, sagte der Schlossparkführer stolz. „Zum Beispiel einen Hirsch, aus dessen Geweih Wasser spritzt. Oder einen künstlichen Regenbogen. Oder das Germaul. Das ist ein Wasserkobold, der ständig die Augen verdreht und allen die Zunge herausstreckt. Oder eine Krone, die hoch oben auf einem Wasserstrahl tanzt. Oder das mechanische Theater, das eine barocke Stadt darstellt. Alle Figuren werden durch Wasser bewegt. Außerdem zeige ich euch die Vogelgrotte, in der ihr Vögel zwitschern hört. Ihre Stimmen werden mit Wasserpfeifen erzeugt. Seid aber auf der Hut. Es erwarten euch immer wieder ‚feuchte' Überraschungen auf dem Weg durch den Schlosspark!"

„Äh ... apropos Wasser ... äh ..." Axel grinste verlegen, „ich müsste einmal wohin ..." Es wurde ihm der Weg erklärt und er sauste los.

Als er aus der Toilette herauskam und zu seinen Freunden zurücklaufen wollte, beobachtete er eine Gruppe von Touristen, die durch eine kleine Heckenallee schlenderten. Plötzlich standen sie in einem feinen Nieselregen und suchten schreiend und kreischend das Weite.

„Karl-Ludwig, wo kommt hier immer das Wasser her? Wer dreht es auf?", quietschte eine kleine Dame, die einen riesigen Hut auf dem Kopf balancierte.

Ihr Begleiter schüttelte heftig den Kopf. „Ich habe nicht den leisesten Dunst, Lotti! Nicht den Schimmer einer Idee!"

„Und so einer hat studiert!", schimpfte Lotti.

Gute Frage, die da gestellt wurde, dachte Axel. Wo waren die Spritzdüsen versteckt und, vor allem, wer drehte das Wasser auf. Die Führer im Schlosspark taten immer so unschuldig.

Nun hatte Axel das Such- und Spürfieber gepackt. Er sah sich um und stellte zufrieden fest, dass ihn keiner beobachtete. Flink schlüpfte er zwischen zwei Büschen hinter die Hecke. Er tastete den Boden unter den Sträuchern ab und entdeckte eine Wasserleitung mit langen, feinen Düsen. Um herauszufinden, wo sie hinführte, verfolgte er das Hauptrohr.

„Das ... das ... packe ich nicht ...!“ Axel war stehen geblieben und starrte gebannt auf einen Strauch. Ungefähr zwanzig Meter von ihm entfernt trippelte eine Taube über die Wiese zu diesem Busch. Nicht der Vogel erstaunte Axel, sondern ein flacher, runder Gegenstand unter den herabhängenden Ästen.

Es war eine metallisch glänzende Scheibe mit einer Kuppel. Sie hatte ungefähr die Größe eines Esstellers.

Für Axel stand eines fest: Das war ein UFO. Genau so ein fliegendes Objekt hatte er damals von der Festung Hohensalzburg aus beobachtet.

Die Taube stieß vorsichtig mit dem Schnabel dagegen, zuckte aber gleich wieder zurück.

Vielleicht ist das Ding von einem unsichtbaren Schutzschild umgeben, überlegte Axel. Davon hatte er in einem Weltraumfilm gehört.

Im Zeitlupentempo näherte sich der Junge Schritt für Schritt der fliegenden Untertasse. Er war noch ungefähr sieben Meter entfernt, als die Taube aufflatterte und davonflog. Im nächsten Moment summte es im Inneren des UFOs und es erhob sich in die Luft. Wie ein Kreisel drehte es sich um die eigene Achse und stieg mit unglaublichem Tempo kerzengerade in den Himmel auf. Dann schwenkte es nach Westen, zur untergehenden Sonne. Bald hatte Axel das UFO aus den Augen verloren.

Diesmal war es eindeutig keine optische Täuschung gewesen. Er hatte ein UFO beobachtet. Da bestand kein Zweifel und seine Freunde mussten ihm diesmal glauben. Aber wo waren sie überhaupt?

Ein Holzpantoffel fliegt durch die Vollmondnacht

Der Schlossparkführer hatte sich von den Mädchen verabschiedet, da bereits die nächste Touristengruppe auf ihn wartete. Lieselotte und Poppi warteten dann eine Weile auf Axel. Als er aber nicht auftauchte, beschlossen sie ihn zu suchen.

„Hoffentlich ist er nicht ins Klo gefallen", spottete Lilo.

„Lilo, schau! Dort!", rief Poppi und deutete auf einen kleinen Teich.

„Na so was ... der ist auch hier!" Lieselotte war erstaunt. Am Wasser stand der Drehorgelspieler mit seinem Affen. Er wollte ihn anscheinend aus dem Teich trinken lassen.

„Hallo!" Winkend lief Poppi auf den Mann zu. Eigentlich zu seinem Affen. Der interessierte sie am allermeisten. „Guten Tag!" Der Drehorgelspieler betrachtete das Mädchen fragend.

„Wir haben uns in Salzburg getroffen. Vor ein paar Tagen", half ihm Poppi weiter. Der Mann nickte und hob den Affen auf seine Schulter. Gemeinsam spazierten sie zu der Drehorgel, die er unweit abgestellt hatte.

„Jaja ... ich weiß ... jaja ...", brummte er. Dann drehte er wieder an der Kurbel und eine bekannte Melodie aus der Mozart-Oper „Die Zauberflöte" ertönte.

Nun kam auch Lieselotte dazu und begrüßte den Werkelmann. Poppi stieß sie in die Seite.

„He . . . was hast du denn? Du starrst ihn an, als wäre er ein Weltwunder“, zischte sie ihr zu. Lieselotte antwortete aber nicht.

„Poppi . . . Lilo . . . Da seid ihr . . .!“ Keuchend kam Axel zu seinen Knickerbocker-Freunden gerannt. „Es war wieder da. Ich habe es gesehen. Eine nahe Begegnung der ersten Art . . . nein, fast der zweiten Art!“

Lilo warf einen kritischen Blick zur Sonne, die ziegelrot am Horizont versank. „Ich habe nicht gewusst, wie stark sie schon scheint“, murmelte das Mädchen und legte ihrem Freund eine Hand auf die Stirn. Sofort zog sie die Finger wieder weg, als hätte sie sich verbrannt. „Autsch . . . heiß . . . sehr heiß!“

Axel kochte vor Wut. „Passt auf“, fuhr er die Mädchen an, „ich habe ein UFO gesehen. Es war ein UFO und ich bin nicht verrückt.“

„Das behauptet auch keiner“, entgegnete ihm Lilo. „Höchstens ein bisschen plemplem!“

Das reichte. Axel gab auf und wandte sich an den Drehorgelspieler. „Von hier aus müssten Sie es eigentlich beobachtet haben. Es ist senkrecht in die Höhe geschossen . . . Eine flache Scheibe . . . Ist es Ihnen aufgefallen?“, fragte er ihn und wartete gespannt auf die Antwort.

„Nein . . . ich habe keine Kinder beobachtet, die hier Frisbee spielen“, lachte der Leierkastenmann. „Aber vielleicht war das ein Gänsegeier!“

Poppi schüttelte den Kopf. „Gänsegeier war es bestimmt keiner. Die leben in Spanien und in Griechenland, aber nicht hier!“

„Oh doch, jedes Jahr kommen bis zu 150 Gänsegeier als Sommergäste ins Salzburgerland. Und hier in

Hellbrunn gibt es einen Tiergarten, in dem vor einigen Jahren Gänsegeier zur Welt gekommen sind. Sie leben heute nicht in einem Flugkäfig. Die Gänsegeier wurden freigelassen und oft sieht man sie am Himmel über dem Schlosspark kreisen. Sie kehren nämlich regelmäßig zur Fütterung in den Zoo zurück."

„Hoffentlich kriege ich sie zu Gesicht", meinte Poppi.

„Axel, Gänsegeier sind eigentlich große Vögel mit einer weißen Halskrause und nicht gerade flach. Aber du bist wahrscheinlich einem Gänsegeier begegnet, der gerade eine Abmagerungskur hinter sich hat. Als er dich erblickt hat, ist er vor Schreck kerzengerade in die Luft gesaust. Dabei schaust du gar nicht soooo schrecklich aus. Höchstens fürchterlich!", spottete Lilo.

Poppi kicherte und auch der Drehorgelspieler musste schmunzeln.

Axel stand daneben und war wütend. Schöne Knickerbocker-Kumpane hatte er da. Aber er würde ihnen beweisen, wie Recht er hatte. Er sollte auch bald Gelegenheit dazu bekommen . . .

Der restliche Tag verlief für Axel nicht gut. Er war missmutig und mürrisch. Die anderen Knickerbocker-Banden-Mitglieder gingen ihm auf die Nerven. Er schnauzte sie an und zeigte ihnen, wie sauer er war. Als Spinner ließ er sich nicht abstempeln.

Nun war es bereits Mitternacht. Dominik lag in seinem Bett und schnarchte.

„Der sägt wieder die Salzburger Wälder um", stöhnte Axel und steckte den Kopf unter das Kissen.

Jetzt hörte er Dominiks Schnarchen nicht, dafür aber bekam er keine Luft mehr. Schließlich beschloss er aufzustehen. Warum sollte er sich noch eine Stunde schlaflos auf der Matratze wälzen. Da plünderte er lieber den Kühlschrank.

Auf Zehenspitzen schlich er die Holztreppe hinunter in die Küche. Aus dem Kühlschrank angelte er eine dicke Scheibe Wurst, eine Essiggurke und eine Schokoschnitte. Mit der Wurst in der einen und der Gurke in der anderen Hand bewegte er sich in Richtung Wohnzimmer.

Es war Vollmond und das Mondlicht fiel durch die dünnen, weißen Gardinen in den Raum. Der Junge schlenderte zum Fenster und blickte in den Garten hinaus. Zaghaft spähte er auch hinüber zur alten Villa. Dort war es aber ruhig und dunkel.

Axel wollte gerade in die Küche laufen und den Schokoriegel holen, als ein heller Punkt über den Baumwipfeln auftauchte. Er senkte sich mit ziemlicher Geschwindigkeit.

„Das UFO ...", murmelte Axel. Wenn es seine Flugbahn beibehielt, würde es genau in Pauline Pomassls Garten aufsetzen. Doch darauf wollte der Junge gar nicht warten. Er sah sich hastig nach einem harten Gegenstand um. Das Einzige, was er entdeckte, war sein Holzpantoffel. Er packte ihn, riss die Tür zur Terrasse auf, stürzte hinaus und schleuderte den Schuh mit aller Kraft in die Richtung der fliegenden Untertasse. Zum Glück hatte er in den letzten Wochen Schlagballwerfen trainiert.

Der Pantoffel flog durch die Luft. Ein hohles Klimpern und Krachen war das Zeichen dafür, dass er sein

Ziel nicht verfehlt hatte. Kurz darauf waren zwei Plumpser zu hören. Ein heller, metallischer und ein dumpfer.

Axel wollte in den Garten laufen und das UFO begutachten. Doch jemand hielt ihn zurück.

„Oh, nein“, sagte eine Stimme leise, aber sehr bestimmt hinter ihm. „Du wirst dir so den Tod holen!“

Axel atmete erleichtert auf. Ohne sich umzudrehen, wusste er, mit wem er es zu tun hatte.

„Oma . . . ich ziehe den dicksten Mantel an, den du im Haus hast. Aber bitte, ich muss jetzt hinaus.“

„Warum?“ Seine Großmutter hatte wenig Verständnis für den nächtlichen Ausflug ihres Enkels.

„Weil ich wahrscheinlich ein UFO abgeschossen habe.“

Verdutzt lockerte Pauline Pomassl ihren Griff. Diesen Moment nützte Axel und lief in den Garten. Das Gras war feucht und kalt. Unter dem Zwetschenbaum sah er es liegen. Es besaß große Ähnlichkeit mit einem umgedrehten Suppenteller, auf den jemand einen Pudding gesetzt hatte. Axel wagte noch nicht es anzufassen. Neugierig begutachtete er es von allen Seiten.

Seine Großmutter kam ihm nachgelaufen. Sie stopfte den Enkel in einen dicken Bademantel und stellte ihm ein Paar Hausschuhe vor die Füße. Aus der Tasche ihres Schlafrocks zog Frau Pomassl eine Taschenlampe und knipste sie an.

Im Licht erkannte Axel eine Delle im Blech der fliegenden Untertasse, die der Pantoffel geschlagen hatte. Er beugte sich hinunter und inspizierte das Flugobjekt von allen Seiten.

„Entwarnung, Oma!“ Mit diesen Worten richtete er sich wieder auf.

„Wieso?“, wollte Pauline Pomassl wissen. „Was ist das da?“

„Eine fliegende Untertasse. Aber nicht aus dem All, sondern aus Taiwan. Es steht jedenfalls ‚Made in Taiwan‘ drauf.“ Axel hob das fliegende Ding auf und trug es ins Haus. So viel Aufregung wegen eines Spielzeuges!

Als er das Wohnzimmer betrat, blieb er mit der Spitze des Pantoffels an der Teppichkante hängen. Beinahe wäre Axel hingefallen. Aber im letzten Moment konnte er das Gleichgewicht wieder finden. Durch die Erschütterung geschah etwas Seltsames. Im Inneren des UFOS klirrte es. Das fliegende Ding musste einen Hohlraum haben, in dem einige Gegenstände herumkullerten.

Axel konnte es kaum noch erwarten, das UFO zu knacken!

Verschlafen taumelten Lieselotte, Dominik und Poppi ins Wohnzimmer. Ihr Knickerbocker-Kumpel Axel hatte sie unsanft aus dem Schlaf gebeutelt und ihnen die Bettdecken weggerissen.

Lilo gähnte herzhaft. „Ich hoffe, du hast wirklich einen guten Grund für diese Aktion“, knurrte sie verschlafen.

Als ihnen Axel dann das UFO vor die Nase hielt, staunten sie nicht schlecht. Sofort wollten sie wissen, was eigentlich geschehen war. Ihr Freund erzählte es sehr ausführlich. Es war ihm eine Genugtuung, doch Recht behalten zu haben.

„Das UFO heißt ja Amadeus“, stellte Poppi plötzlich fest. „Genauer gesagt: Amadeus 1!“

„Woher weißt du das?“, fragte Lilo.

Poppi deutete auf eine kleine Schrift an der Kante des Flugobjekts.

„Ein UFO namens Amadeus... Merkwürdig. Aber jetzt möchte ich endlich erfahren, was in diesem Ding drinsteckt“, meinte Axel. „Oma, wo hast du einen Hammer und einen Schraubenzieher?“ Frau Pomassl erklärte ihrem Enkel, wo das Werkzeug zu finden war, und er lief los. Als er zurückkam, sah er seine Freunde und seine Großmutter über das UFO gebeugt stehen.

„Was macht ihr da?“, wollte er wissen.

„Lass Profis arbeiten, die schaffen alles ohne Hammer und Schraubenzieher“, sagte Lilo und deutete auf die fliegende Untertasse. Die Kuppel war nun wie ein Deckel aufgeklappt.

Lilo zeigte ihm einen winzigen Knopf am Kuppelrand.

„Du musst nur da draufdrücken. Schon springt das Ding auf."

„Und was ist drinnen?"

„Das!" Poppi streckte ihm ein Bündel Geldscheine unter die Nase. In der rechten Hand hielt sie vier Ohrringe und eine dicke, goldene Halskette.

„Wo kommen diese Sachen her? Wer steckt sie in so ein Spielzeug hinein?" Pauline Pomassl verstand die Welt nicht mehr.

Die Knickerbocker-Bande ließ sich in die weichen, alten Lehnsessel fallen. „Das kann ich Ihnen alles erklären", meinte Lilo. „Mir ist jetzt einiges klar."

Gespannt richteten sich vier Augenpaare auf sie.

„In Salzburg treibt zur Zeit eine gefährliche Bande von Taschendieben ihr Unwesen. Sie bestehlen Leute und lassen die Beute dann verschwinden. In diesen ferngesteuerten Flugobjekten. Jeder hat die fliegenden Modelle für UFOs oder vielleicht auch nur für einen Scherz gehalten. Ihren wahren Zweck konnte man ja nicht durchschauen. Das Ganze ist natürlich ein sensationeller Trick. Der Taschendieb steckt seine Beute hinein, das Ding fliegt fort, und wird der Gauner geschnappt, kann die Polizei nichts bei ihm finden!"

„So hat das auch der Liliputaner im Mirabellgarten gemacht!" Axel fiel es plötzlich wie Schuppen von den Augen.

„Natürlich! Aber was mich an diesen fliegenden

Untertassen erstaunt, ist ihre Tragkraft. Manchmal haben sie bestimmt ein ziemliches Gewicht geladen gehabt", meinte Lieselotte.

„Jetzt stellt sich aber die Frage: Wer hat diese UFOs gestartet und gesteuert?" Axel sah die anderen fragend an.

Darauf wusste keiner eine Antwort. Deshalb beschlossen die vier schlafen zu gehen. Am nächsten Tag wollten sie der Sache auf den Grund gehen.

Lilo, Poppi und Dominik wünschten Axels Großmutter eine gute Nacht und marschierten auf ihre Zimmer.

„Axel!" Frau Pomassl rief ihren Enkel zurück.

„Ja?"

„Axel, morgen werde ich die Polizei verständigen."

„Nein, Oma, nicht! Das ist alles nur die Spitze eines Eisberges. Wenn wir jetzt die Polizei einschalten, kann der UFO-Steuermann vielleicht entkommen. Er ahnt doch nicht, dass jemand sein Geheimnis kennt. Außerdem hat diese UFO-Geschichte vielleicht auch mit dem Spuk auf deinem Dachboden zu tun ..."

Als Axel das aussprach, zuckte seine Großmutter zusammen. Die nächtlichen Vorfälle hatte sie fast vergessen. Immerhin hatten die Geister Pause gemacht.

„Trotzdem, Axel, ich möchte, dass die Polizei die Sache übernimmt und ihr von morgen an nur noch lustige Ferien verbringt. Und jetzt Punktum!" Diese Worte kannte Axel gut. Schon seine Mutter hatte sie gefürchtet, als sie selbst ein Kind war. Von nun an konnte man mit Pauline Pomassl nicht mehr über dieses Thema reden. Sie beharrte auf ihrem Standpunkt und ihrem Entschluss.

Axel ärgerte sich. Er wäre der Sache lieber selbst auf der Spur geblieben ...

Wenige Minuten später waren alle Lichter im Haus von Frau Pomassl erloschen.

Weder die Knickerbocker-Bande noch Pauline ahnten, dass sie die längste Zeit beobachtet worden waren. Im Nachbargarten stand eine dunkle Gestalt. Eine hohe, schlanke Person in einem engen, schwarzen Trikot mit einer schwarzen Kapuze auf dem Kopf, in die nur zwei Löcher für die Augen eingeschnitten waren.

Der geheimnisvolle Unbekannte wartete eine Weile. Er wollte sicher sein, dass alle schliefen und er nicht überrascht wurde.

Nach einer halben Stunde kletterte er über den Zaun und schlich zur Wohnzimmertür. Er zog eine Art Zirkel aus der Tasche, der auf einem Schenkel einen Saugnapf und an der Spitze des anderen Schenkels einen Diamanten hatte.

Der Zirkel wurde an die Scheibe der Terrassentür angesetzt und einmal gedreht. Es knischte leise. Gleich darauf hob der nächtliche Besucher eine kleine Kreisscheibe aus dem Fensterglas. Durch das Loch griff er hinein und öffnete die Tür.

Er betrat den Raum und sah sich um. Anscheinend suchte er etwas ...

Am nächsten Morgen wurde Dominik von einem köstlichen Duft geweckt. Der Geruch von frisch gebackenem Kuchen stieg ihm in die Nase.

Eilig sprang er aus dem Bett und lief in die Küche. Ein prachtvoller Gugelhupf stand auf dem Tisch. Unter einer dünnen Schicht Staubzucker lugten einige Rosinen hervor. Dominik wollte gerade eine aus dem Kuchen ziehen, als Frau Pomassl die Küche betrat. Wenn es um ihren Kuchen ging, verstand sie keinen Spaß.

„Finger weg“, kommandierte sie, „der Gugelhupf wird erst angeschnitten, wenn alle beim Frühstückstisch sitzen.“

„Oje“, stöhnte Dominik, „das kann aber noch lange dauern. Und ich werde doch um halb zehn abgeholt.“

„Richtig“, erinnerte sich Axels Großmutter, „diese Firma hat gestern angerufen. Du drehst heute in der Eisriesenwelt.“

„Wo musst du schon wieder hin?“ Verschlafen stapfte Poppi in die Küche. Sie gähnte herzhaft und rieb sich die Augen.

„In die Eisriesenwelt ins Tennengebirge. Keine Ahnung, was das ist. Auf jeden Fall klingt es kalt!“, sagte Dominik.

„Du wirst staunen, was du dort siehst“, versprach ihm Pauline Pomassl. „Die Eisriesenwelt ist eine Reise wert.“

Poppi horchte auf. Das interessierte sie. „Darf ich mitkommen?“, erkundigte sie sich.

„Aber klar, gestern hat euch der Fahrer der Filmfirma auch mitgenommen. Das geht schon“, meinte der Kinderfilmstar. Frau Pomassl scheuchte die beiden aus der Küche. „Dann aber jetzt hopp-hopp! Schnell ins Bad. Es ist bereits neun Uhr.“

Auf der Stiege drehte sich Dominik plötzlich um. „Bekomme ich noch ein Stück Gugelhupf?“

Die Großmutter lächelte. „Natürlich, ich lasse euch doch nicht ohne Frühstück aus dem Haus!“

Dominik und Poppi erhielten außerdem noch jeder zwei Stück Kuchen auf die Fahrt mit. Weil sie beide ein wenig aufgeregt waren, spazierten sie Punkt 9 Uhr 30 auf die Straße, um dort zu warten.

Im Haus auf der anderen Straßenseite wurde ein Fenster geöffnet. Der kauzige Herr Schüsselmoser beugte sich heraus und winkte den Kindern zu.

„Gestern Nacht ist es bei euch rundgegangen“, meinte er verschmitzt. „Ich habe das Licht angehen sehen. Es war nach Mitternacht. Was ist denn geschehen?“ Der alte Fotograf machte aus seiner Neugier kein Hehl. Dominik lief über die Straße und erzählte ihm alles bereitwillig.

„Heute wird die Polizei dieses fliegende Ding untersuchen und bestimmt die Taschendiebe ausfindig machen“, plapperte der Junge. „Obwohl Axel und Lilo dem Oberdieb selbst auf die Spur kommen wollen. Aber die lesen zu viele Krimis und spinnen ein bisschen. Doch wir wissen auch eine Menge, die Poppi und ich. Über die Gruft ...“ Weiter kam Dominik nicht, weil der kleine Bus der Filmfirma um die Ecke bog. Hastig verabschiedete er sich. Er versprach Herrn Schüsselmoser, später alles zu Ende zu erzählen.

„Wohin geht die Reise?“, rief ihm der Mann nach.

„In die Eisriesenwelt!“, antwortete Dominik.

Es war fast Mittag, als ein Wagen der Polizei vor dem Haus von Pauline Pomassl hielt. Zwei Beamte läuteten an der Gartentür und wurden von Axels Großmutter empfangen.

In der Küche saßen Axel und Lilo und frühstückten. Sie waren erst vor kurzem aus den Betten gekrochen. Mürrisch nahmen sie das Eintreffen der Polizei zur Kenntnis.

„Bitte, da im Wohnzimmer ... da steht es ...", hörten sie Frau Pomassl im Vorzimmer sagen. Die Wohnzimmertür wurde geöffnet.

„Ja bitte und wo ... wo ist jetzt dieses ‚UFO'?", fragte einer der Polizisten. Er sprach das Wort UFO aus, als wäre es giftig. Man merkte, dass er es nur ungern in den Mund nahm.

„Ich verstehe das nicht ... Gestern Nacht war es noch da!" Pauline Pomassl befand sich in hellster Aufregung. Axel und Lilo rannten ins Wohnzimmer. Tatsächlich! Die fliegende Untertasse lag nicht mehr auf dem niedrigen Tischchen vor den Ohrensesseln.

Die Großmutter stellte ihren Enkel und Lilo vor.

„Vielleicht hat Dominik das UFO weggenommen", vermutete Axel.

„Das denke ich nicht", sagte einer der Beamten und deutete auf die Terrassentür. Ein handgroßes Loch war in der Scheibe zu sehen. Der klare Beweis für einen Einbruch.

In der kommenden Stunde mussten Axel, Lilo und Frau Pomassl viele Fragen beantworten. Die Polizisten waren sicher, hier einem äußerst geschickten und gerissenen Gauner auf die Spur gekommen zu sein.

Sie warnten die beiden Knickerbocker eindringlich davor, eigenmächtig etwas zu unternehmen.

Ob sich Lilo und Axel daran halten würden? Nicht ohne Grund hatten sie das Geheimnis der Gruft verschwiegen ...

Es piepst bei Mr. Widderlos

Es war bereits Mittag, als Dominik und Poppi bei der Eisriesenwelt ankamen. Der Bus hatte sie zu einem Gasthof gebracht. Von dort ging es dann zu Fuß weiter bis zur Talstation einer Seilbahn. In einer Gondel schaukelten die beiden Junior-Knickerbocker mit dem Busfahrer zu einem Schutzhaus. Von dort mussten sie abermals zu Fuß weiter. Nach einem zehnminütigen Marsch standen sie endlich vor dem Höhleneingang.

Dort wurde Dominik bereits ungeduldig von Uschi erwartet.

„Heute ist ein Unglückstag“, stöhnte die Assistentin. „Alles geht daneben. Lange halte ich das nicht mehr aus.“

„Was ist passiert?“, erkundigte sich der Junge.

„Dieser widerliche Gregory Widderlos hat heute in der Früh einen Tobsuchtsanfall bekommen, weil er genau wie ihr zu Fuß auf den Berg musste. Er wollte unbedingt von einem Hubschrauber hierher gebracht werden. Sein Freund Treeday hat ihn dann wenigstens ein bisschen beruhigen können. Er hat ihm ständig etwas von ‚ihnen ein Stück näher‘ gesagt. Ich habe kein Wort verstanden.“

Der Regieassistent erschien vor der Höhle.

„Wo bleibt der verdammte Junge?“, brüllte er Uschi zu.

„Der ‚verdammte‘ Junge ist hier!“, schrie Dominik wutentbrannt zurück. „Und falls ihr nicht freundlich zu ihm seid, geht er wieder. Dann könnt ihr euch euren blöden Jodel-Film als Gamsbart auf den Hut stecken!" Das ließ er sich nicht gefallen. Er arbeitete wie ein Profi, deshalb wollte er auch so behandelt werden.

Sogar auf die Entfernung von zwanzig Metern konnte man erkennen, dass der Regieassistent bis unter die Haarwurzeln blass geworden war. „Sorry ... Entschuldigung ... das war nicht so gemeint", stotterte er verlegen. „Bitte hab die Freundlichkeit und zieh dich um. Wir benötigen dich dringend!"

„Das klingt schon besser", brummte Dominik zufrieden.

Nur zehn Minuten später betrat er umgezogen und geschminkt mit Poppi die Eisriesenwelt. Schon nach wenigen Minuten riefen beide wie aus einem Mund: „Wauuuu ... irre! Wahnwitz!"

Vor ihnen lag eine Märchenwelt aus Eis. Sie gingen durch meterhohe Höhlen, vorbei an gefrorenen Wasserfällen und sagenhaften Eisgebilden, die so groß wie Pauline Pomassls Haus waren. Sie standen in Eispalästen, wie man sie sonst nur aus Märchenbüchern kannte.

Die eisige Pracht war doppelt so schön, da die Eisgebilde von allen Seiten beleuchtet wurden und geheimnisvoll glitzerten und strahlten.

Poppi fröstelte. Die Eisriesenwelt machte ihrem Namen alle Ehre. In der Höhle war es ziemlich kalt.

„Die Temperatur beträgt hier auch im Hochsommer nicht mehr als null Grad", erklärte Uschi den Kindern. „Wenn Wasser durch das Gestein sickert, gefriert es in der Höhle zu Eis. Und wie in einer Tropfsteinhöhle bilden sich dann im Lauf der Jahre diese gigantischen

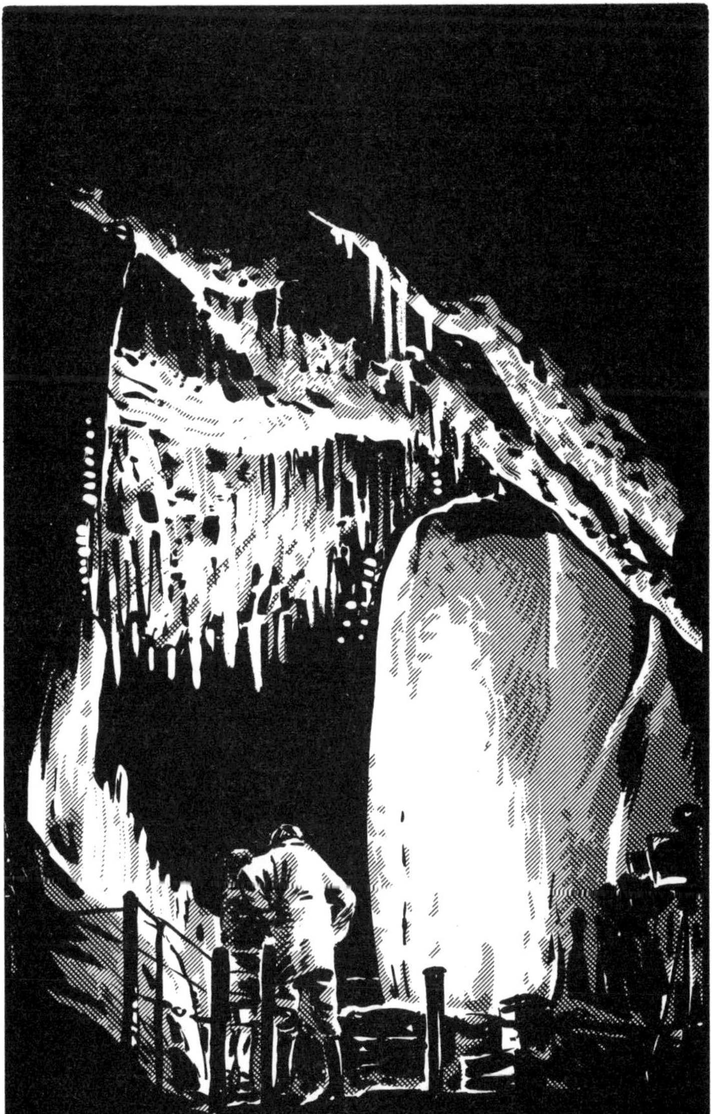

Eiszapfen. Übrigens ist die Höhle für Touristen erst ab Mai geöffnet. Wir haben Glück, dass wir schon früher hereindurften."

In einem Teil der Eishöhle, in dem besonders viele Eiszapfen herunterhingen, wartete bereits das Filmteam. Alle gingen im Kreis, schlugen mit den Armen um sich, rieben die Hände oder traten von einem Fuß auf den anderen. So versuchten sie sich ein wenig zu erwärmen.

„Oh ... here he comes ... diese kleine Star! Tag, Mister ... Sie sind spät!", rief der Schauspieler aus Hollywood Dominik entgegen. Der Regieassistent redete sofort beschwichtigend und leise auf ihn ein. Mister Widderlos verzog den Mund und drehte sich weg.

Während der Regisseur Tim Treeday dem Jungen die Szene erklärte, suchte Poppi auf den Holzstegen nach einem Plätzchen zum Hinsetzen. Zwischen Kisten und Koffern entdeckte sie eine große, dicke Decke, auf die sie sich niederließ. Aufgeregt beobachtete sie die Filmarbeit.

„Pieps!" Poppi horchte auf. Ganz in ihrer Nähe hatte etwas gepiepst.

„Pieps-pieps-pieps!" Da, schon wieder. Sie hatte das Gefühl, auf dem Erzeuger der Piepstöne zu sitzen. Gerade als sie sich erheben wollte, stürzte Mister Widderlos auf sie zu.

„Weg da ... du girl ... dummes girl ... Das ist meine Mantel ...!"

„Bitte, darin piepst etwas ...", meldete sich Poppi schüchtern.

Der Schauspieler tat so, als hätte er sie nicht gehört. Als er seinen Mantel aufhob, fiel ein ovaler, metallener Gegenstand heraus und schlitterte über den Holzsteg. Mit einem leisen „Pling“ landete er auf dem Eis. Mister Widderlos hatte nichts bemerkt. Poppi war der Vorfall natürlich nicht entgangen, doch sie schwieg.

Während der Hollywoodstar von der Maskenbildnerin Puder ins Gesicht gepinselt bekam, bückte sich das Mädchen und hob die kleine Tafel auf. Schnell ließ Poppi das Ding in ihre Jackentasche gleiten.

In der Drehpause saß das gesamte Filmteam auf der Terrasse des Schutzhauses bei der Bergstation der Seilbahn. Genüsslich schaufelten alle das köstliche Mittagessen in sich hinein.

„Da ... schau ... das ist dem Widerling aus der Tasche gerutscht!“ Poppi schob Dominik die ovale Scheibe zu. „Member of the Welcome to the Earth Club“, las Dominik. Er stieß Uschi, die neben ihm saß, mit dem Ellbogen an.

„Du Uschi ... was bedeutet das?“

„‚Member of the Welcome to the Earth Club‘ ... Das heißt ‚Mitglied im Willkommen-auf-der-Erde-Klub‘! Der Besitzer dieser ‚Hundemarke‘ ist Mitglied dieses Klubs. Woher hast du sie?“

„Von dem dort ...“ Dominik deutete zu Widderlos. „Was ist das für ein Klub?“, wollte er wissen.

Uschi zuckte mit den Schultern. „Ich habe in den Staaten schon einmal davon gehört, aber ich kann mich nicht mehr genau erinnern.“

„Bist du eigentlich aus Österreich oder aus Amerika?“, erkundigte sich Poppi.

Uschi lachte. „Ich bin eine waschechte Salzburgerin, aber ich lebe schon seit zwei Jahren in Los Angeles. Ich bin durch Zufall nach Amerika gekommen. Ich war damals Assistentin eines bekannten Fotografen. Aber leider ist da etwas Entsetzliches geschehen ... damals in Los Angeles. Ich bin dann drüben geblieben, weil ich ein paar Leute aus der Filmindustrie kennen gelernt habe. Ich arbeite als Produktionsassistentin. Als ich von diesem Film gehört habe, war ich sofort bei der Firma Top-Ten und habe mich beworben. Schließlich bin ich Salzburg-Spezialistin."

„Du ... weil du gesagt hast ... ein Salzburger Fotograf ..." Weiter kam Dominik nicht. Ein junger Bursche stürzte aus dem Schutzhaus zu Uschi. „Eine Katastrophe", rief er, „eine Katastrophe."

„Was ist denn?" Uschi starrte ihn erschrocken an.

„Ich habe gerade einen Anruf bekommen ... ein Unbekannter hat gedroht, die Seilbahn zu sprengen, falls einer von euch heute talwärts fährt. Angeblich ist bei einer Stütze eine Ladung Dynamit versteckt."

„Das ist ja unglaublich ...! Wer macht so etwas? Und warum?" Auch die anderen Mitglieder des Filmteams, die Deutsch verstanden, waren nun zu dem jungen Hüttenwirt gelaufen gekommen.

„Ich weiß nicht ... Ich werde sofort die Bergwacht und die Polizei verständigen. Wir dürfen nichts riskieren. Heute Nacht werdet ihr bei uns bleiben müssen. Wir haben genug Gästezimmer!"

Schreie aus der Gruft?

Frau Pomassl war mittags aufgebrochen, um eine Freundin zu besuchen. Lilo und Axel hatten ihr versprechen müssen, zu Hause zu bleiben.

Nun kauerten sie im Wohnzimmer in den hohen Lehnstühlen und hielten Kriegsrat.

Da klingelte das Telefon. Es klingelte wirklich, denn Axel hatte die Glocke repariert.

„Axel Klingmeier... ich meine... hier bei Pomassl!“

„Hilfe... bitte helft mir. Ich habe damals so geschrien. Schnell... holt mich heraus“, flüsterte eine hohe Stimme gehetzt.

„Hallo? Wer ist da? Woher rufen Sie uns an?“, schrie Axel in den Hörer.

„Ich kann nicht mehr sagen. Er kommt. Bitte befreit mich!“ Tut-tut-tut... Der seltsame Anrufer hatte aufgelegt. Im Telegrammstil berichtete Axel seiner Freundin von dem Gespräch.

„Damit kann nur der Schrei in der Gruft gemeint gewesen sein. Aber sag, war der Anrufer ein Mann oder eine Frau?“

Der Junge konnte es nicht mit Bestimmtheit sagen.

„Glaubst du, dass sich in der Gruft ein Telefon befindet?“ Lilo sah ihren Freund fragend an.

„Dort unten ist alles möglich.“

„Dann sollten wir unbedingt nachschauen. Komm! Vielleicht schwebt jemand in dieser Gruft in Todesgefahr.“

Axel zögerte. „Nein, Lieselotte. Ich... ich meine... wir sollten das nicht tun. Wir rufen die Polizei an. Die beiden Kriminalbeamten haben ihre Nummer hiergelassen."

Doch das Telefon war plötzlich tot. Es gab keinen Ton von sich. Axel trommelte auf die Gabel, aber es half nichts.

„Nein... ich packe es nicht!"

„Was ist, Lilo?" Das Mädchen stand am Fenster und schaute auf die Straße.

„Axel... jemand hat die Telefonleitung durchgeschnitten!" Dort, wo sich bis vor kurzem noch ein schwarzes Kabel zwischen zwei Holzpfosten befunden hatte, war nun nichts mehr.

„Hier geht etwas Schreckliches vor sich. Ich steige in diese Gruft, und wenn du nicht mitkommst, dann gehe ich eben allein. Ich halte mich an unser Motto: Ein Knickerbocker lässt niemals locker!" Lieselotte lief in den Garten zum Zaun. Axel folgte ihr einen Augenblick später. Er kam mit. Sein Herz schlug bis zum Hals, doch in so einem Moment konnte er Lilo nicht hängen lassen. Bei der Terrassentür machte er noch einmal kehrt und rannte zurück ins Vorzimmer. Eine Minute später kletterte er gemeinsam mit Lilo auf das verwilderte Nachbargrundstück.

Still und ruhig lag das Grabmal da. Niemand hätte vermutet, welches Geheimnis sich unter dem Gruftdeckel verbarg.

Axel zog den Metallstab an der Einfassung heraus und die Steinplatte schwenkte zur Seite.

„Verdammt, wir haben keine Taschenlampen", fiel ihm ein.

„Brauchen wir nicht", flüsterte Lilo. Sie war heiser vor Aufregung. „In der Gruft brennt Licht!"

Axel hatte immer geglaubt, Knieschlottern wäre eine Erfindung von Krimi-Autoren. Doch nun wurde er eines Besseren belehrt. Seine Beine zitterten bei jedem Schritt.

Endlich hatten sie die unterirdische Kammer erreicht. Sie war wie schon bei ihrem ersten Besuch leer.

Lilo deutete auf eine der drei Türen und schlich langsam näher. Dahinter waren Stimmen zu hören. Jemand sprach leise und schnell. Axel kam zögernd zu Lilo. Wer in dem Raum hinter der Tür redete und was besprochen wurde, konnten weder das Mädchen noch er verstehen.

Lieselotte schluckte und holte tief Luft. Im Zeitlupentempo streckte sie ihre Hand nach der Schnalle aus. Sie war nur noch wenige Zentimeter davon entfernt, als die Tür plötzlich aufflog.

Axel und Lilo standen drei Liliputanern gegenüber, die sich mit einem hohen, spitzen Schrei auf sie stürzten.

„Macht sie fertig, sie können euch verraten!", kommandierte eine schnarrende Stimme aus dem Hintergrund. Die beiden Knickerbocker-Mitglieder schlugen wild um sich. Lieselotte hatte in der Schule einen Karatekurs besucht und versuchte nun die verschiedenen Griffe und Schläge anzuwenden. Doch kaum hatte sie einen der Liliputaner abgewehrt, stürzte sich schon der nächste auf sie.

Axel erging es nicht besser. Im Judokurs hatte er immer gewusst, welchen Wurf er anwenden musste. Nun fiel ihm keiner mehr ein. Er trat nach den Angreifern und versuchte sie irgendwie abzuschütteln. Doch die drei kleinen Männer entwickelten ungeahnte Kräfte.

Ein Knirschen und Donnern über ihren Köpfen machte dem Kampf ein schnelles Ende. Entsetzt sahen alle fünf hinauf.

„Der Gruftdeckel ... der Gruftdeckel hat sich geschlossen. Wir sitzen in der Falle. Wir sind gefangen!“, kreischte einer der Zwerge.

„Richtig“, schnarrte eine metallene Stimme im Zimmer. Axel sprang auf und lief hinein. Der winzige Raum hinter der Tür war bis auf einen langen Tisch leer. Wer sprach da?

„Ich danke allen, die zum Gelingen meines Planes beigetragen haben. Leider seid ihr mir jetzt im Weg“, sagte die Stimme. Nun entdeckte Axel, woher sie kam. In die Wand war ein kleiner, runder Lautsprecher eingelassen.

„Ich mache euch darauf aufmerksam, dass diese Gruft absolut schall- und luftdicht ist. Falls ihr schreit oder tobt, verbraucht ihr den Luftvorrat zu schnell und müsst ersticken. Wenn ihr aber brav abwartet, wird sich die Gruft in exakt 48 Stunden wieder öffnen. So lange müsst ihr euch gedulden. Und nun ... gute Nacht!“

Bei diesem Wort erlosch das Licht!

Auf dem Hochkogel, in der Eisriesenwelt, waren die Dreharbeiten beendet worden. Die Techniker und Helfer verstauten die Ausrüstung in metallenen Kisten und Truhen. Die Maskenbildnerin sammelte die Kleidungsstücke ein und in einem Zimmer des Hotels wurden Dominik und Mister Widderlos von ihrer Schminke befreit.

Den ganzen Tag lang hatte der kleine Knickerbocker auf eine günstige Gelegenheit gewartet.

„Mister Widderlos ...“, begann er. Der Schauspieler drehte gelangweilt den Kopf zu ihm. „Häää?“

„Mister Widderlos, was ist der Klub ‚Willkommen auf der Erde‘?“ Im ersten Augenblick dachte der Junge, der Schauspieler würde ihn umbringen. Er sprang aus seinem Sessel auf und rannte zu Dominik. Der Mann packte den Jungen am Pullover und schüttelte ihn fest.

„He, lassen Sie sofort Dominik in Ruhe. Er hat Sie doch nur etwas gefragt!“, rief die Maskenbildnerin und drängte sich zwischen die beiden.

Der Schauspieler lockerte seinen Griff und warf Dominik in den Sessel zurück.

Diesmal ließ der Junge aber nicht locker. Er holte die Messingplakette aus der Hosentasche und streckte sie Mr. Widderlos hin. „Das habe ich heute in der Eishöhle gefunden. Das gehört doch Ihnen, oder?“

Der Schauspieler riss das Metallstück an sich, als wäre es ein Goldklumpen, den er verloren hatte.

„Sagen Sie mir jetzt, was das für ein Klub ist?“

„Das ... dich nichts ... interessiert!“ Mit großen Schritten hastete der Schauspieler aus dem Zimmer und schlug die Tür mit voller Wucht zu. Krachend flog sie ins Schloss.

„So ein Spinner!“ Die Maskenbildnerin schüttelte den Kopf. „Gut, dass er draußen ist. Ich kann dir nämlich deine Frage beantworten.“

Dominik horchte gespannt auf. „Dieser Klub ist eine

Vereinigung von Leuten, die an die Landung von Raumschiffen glauben. Sie sind sicher, dass Besucher aus fernen Galaxien schon bald auf die Erde kommen werden. Die Klubmitglieder versuchen für die UFOs einen geeigneten Landeplatz zu finden. In den Vereinigten Staaten von Amerika wurden bereits mehrere Betonpisten für Raumschiffe errichtet."

„Aber wozu tut dieser Klub das?", staunte Dominik.

„Ganz einfach. Diese Leute wollen die Erde verlassen und hoffen, von den Besuchern aus dem All mitgenommen zu werden. Dieser komische Mister Widderlos trägt zum Beispiel ständig ein winziges Gerät mit sich, das Piepstöne ausstößt. Sie sollen angeblich den Außerirdischen anzeigen, wo er sich befindet."

Dominik lachte laut. „Die spinnen, die Leute aus Hollywood", rief er übermütig. „So ein Blödsinn!"

„Die beiden glauben allerdings fest daran", meinte die Maskenbildnerin.

„Die beiden? Welche beiden?"

„Na, Mister Widderlos und der Regisseur Tim Treeday!"

Diese Geschichte wollte Dominik auf jeden Fall sofort seinen Knickerbocker-Freunden erzählen.

Nachdem alle Spuren des künstlichen Schmutzes aus seinem Gesicht entfernt worden waren, lief er in das Büro des Hotelbesitzers. Dort begegnete er Uschi, die sich in hellster Aufregung befand.

„Wir müssen wirklich hier bleiben. Die Polizei will nichts riskieren. Ich möchte nur wissen, welcher wahnsinnige Wahnwitzwurm uns das antut? Was soll diese Bombendrohung?"

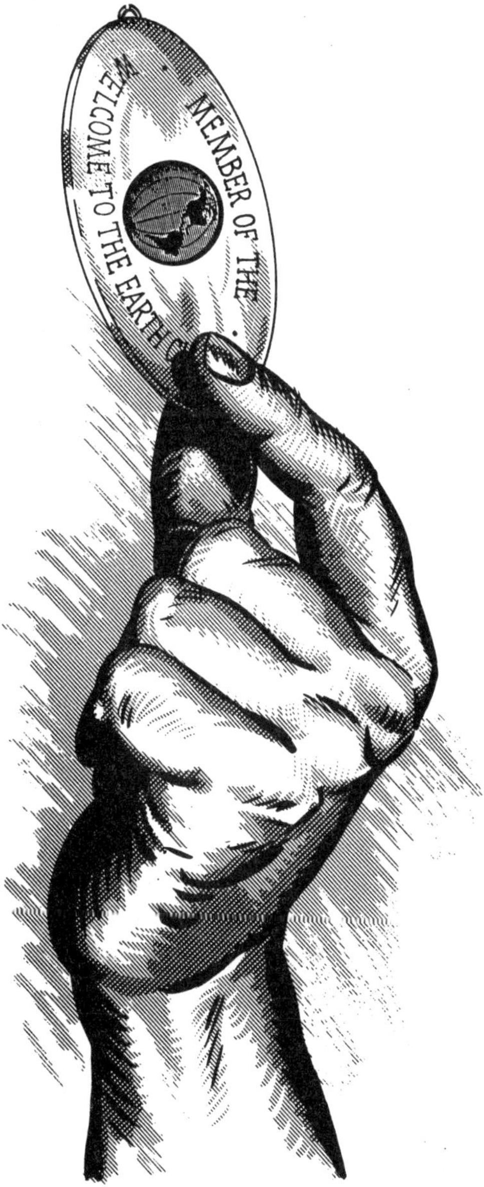
MEMBER OF THE
WELCOME TO THE EARTH

Gefangen!

„Ich hirnverbrannter Quadratschädel Güteklasse superblöd“, schimpfte Lilo mit sich selbst. Wie konnte sie nur blindlings in diese Falle hineintappen?

In der Gruft herrschte stockfinstere Nacht und Stille. Nur das leise Schnaufen der drei Liliputaner war von Zeit zu Zeit zu hören. Die fünf Gefangenen standen regungslos da und warteten. Aber worauf? Auf ein Wunder?

Ein Streichholz flammte auf und warf einen flackernden Schein auf das Gesicht eines der Zwerge.

„Ihr seid an allem schuld! Ihr elenden Schnüffler!“, zischte er. „Schnüffler, Schnüffler, Schnüffler . . .“ Der Widerhall erfüllte die Gruft.

„Erstens verbraucht jede Flamme Sauerstoff und zweitens sind alle Beschuldigungen ebenfalls eine sinnlose Sauerstoffvergeudung!“, sagte Lieselotte ruhig. „Wenn die Gruft wirklich luftdicht abgeschlossen ist, müssen wir äußerst vorsichtig sein.“

Axel bewunderte die Ruhe seiner Freundin. Ihm schlug das Herz bis zum Hals. Noch nie zuvor in seinem Leben hatte er sich so gefürchtet.

„Wenn wir euch beseitigen, wird gleich viel weniger Luft verbraucht“, zischte eine Stimme aus der Dunkelheit. Axel hörte, wie sich ihm trippelnde Schritte näherten, und wich entsetzt zurück. Was hatten diese Leute vor? „Ahhh!“ Der Junge schrie entsetzt auf und schlug um sich. Er war gegen einen Körper geprallt. Wollten ihm die Liliputaner eine Falle stellen?

„Beruhige dich“, flüsterte ihm Lilo ins Ohr. „Das bin nur ich. Wir müssen mit den drei Zwergen reden. Vielleicht können wir sie irgendwie besänftigen.“

„Sie verschwören sich gegen uns“, zischte der eine Liliputaner, der vorher gedroht hatte. „Brüder, sie wollen uns an den Kragen. Wir müssen ihnen zuvorkommen!“

„Zuvorkommen, zuvorkommen, zuvorkommen . . .“, hallte es von den Wänden.

Lieselotte beunruhigte etwas sehr. Sie waren mit drei Liliputanern in der Gruft eingeschlossen. Es sprachen aber immer nur zwei. Was war mit dem dritten Zwerg? Heckte er vielleicht einen bösen Plan aus und war dabei, sich an sie heranzuschleichen? Damit sie ihn nicht orten konnten, sprach er kein Wort.

Wieder waren Schritte zu hören. Die Liliputaner tappten durch den Raum. Der Sand auf dem Steinboden knirschte unter ihren kleinen Füßen.

Axel presste sich eng an Lieselotte.

„Hört einmal her“, sagte das Mädchen laut, „wozu gehen wir aufeinander los? Das hat doch keinen Sinn. Wir sitzen alle fünf in der gleichen Falle. Und wir wurden alle vom selben Verbrecher hereingelockt. Das bedeutet: Wir haben alle das gleiche Schicksal. Warum arbeiten wir gegeneinander und nicht miteinander? Wieso versuchen wir nicht gemeinsam aus dieser Gruft herauszukommen?“

Stille. Einen Moment lang rührte sich nichts. Aufgeregt warteten die beiden Knickerbocker-Freunde auf die Antwort der Liliputaner.

Lilo zuckte zusammen. Eine kleine, feuchte Hand hatte sie am Arm berührt. Sie tastete sich zu den Fingern des Mädchens. Lieselotte war in dieser Sekunde wie gelähmt.

Die Hand schob sich in Lieselottes Hand und drückte sie fest.

„Freunde“, hörte sie eine Stimme neben sich sagen. Sie gehörte eindeutig dem dritten Zwerg, der bisher noch kein Wort gesprochen hatte. „Das Mädchen hat Recht, Albin und Edwin. Völlig Recht. Also kommt her und seid friedlich“, rief er seinen Brüdern zu.

Murmelnd und maulend kamen auch die anderen beiden.

Wieder flammte ein Streichholz auf. Die drei Liliputaner und die beiden Kinder standen nun einander gegenüber. Jede Gruppe musterte die andere.

„Aua!“, schrie einer der kleinen Männer. Er hatte nicht auf die Flamme geachtet und sich die Finger verbrannt.

„Mein Name ist Lieselotte“, stellte sich das Mädchen vor. „Und das ist der Axel.“

„Wir heißen Albin, Edwin und Nomi!“, sagte einer der Liliputaner.

„Habt ihr eine Taschenlampe?“, fragte Lilo.

„Nomi . . . du hast doch eine gehabt. Wo ist sie?“

„Ich habe sie beim Kämpfen verloren.“

Für Axel kein Problem. „Dann muss sie hier irgendwo auf dem Boden liegen. Wir müssen nach ihr tasten. Wenn wir Licht haben, können wir viel leichter etwas unternehmen.“

Alle ließen sich nieder und rutschten über den kalten Steinboden.

„Ich habe sie“, verkündete eine hohe Stimme.

Knips! Schon war wieder Licht in der Gruft.

„Ich nehme an, ihr seid heute nicht zum ersten Mal hier“, sagte Lieselotte. „Habt ihr eine Ahnung, wie man den Gruftdeckel von innen öffnen kann?“

Die Zwerge schüttelten die Köpfe. „Wir haben immer nur den Mechanismus außen betätigt.“

Einer der Liliputaner marschierte zur Treppe und leuchtete die Wand neben der Stiege ab. „Vielleicht ist hier irgendwo ein Hebel oder ein Knopf?“

Es war aber leider nichts zu entdecken.

Alle fünf liefen nun die Stufen hinauf und versuchten den Gruftdeckel in die Höhe zu stemmen. Doch der bewegte sich keinen Millimeter.

„Vielleicht gelingt es uns, ihn zur Seite zu schieben“, sagte Lilo. Zehn Handflächen drückten und pressten, aber der Stein gab nicht nach.

Enttäuscht und entmutigt stiegen sie wieder in die Gruftkammer.

„Was befindet sich eigentlich hinter den beiden anderen Türen?“, fragte Axel.

„Albin, du hast doch einmal etwas gesehen“, rief ein Zwerg. Albin nickte. „Hinter der rechten Tür ist ein winziges Zimmer mit vielen elektronischen Geräten. Ich vermute, das ist die Steuerzentrale für die fliegenden Untertassen. Von hier aus werden sie gelenkt, oder so ähnlich ...“

„Das habe ich mir fast gedacht“, murmelte Lieselotte.

„Und wohin führt die linke Tür?“

„Das weiß ich nicht“, antwortete Albin.

„Dann müssen wir versuchen sie aufzubrechen“, schlug Lilo vor. „Ich werfe mich einmal mit voller Wucht dagegen. Leuchte mir bitte!“

Sie nahm einen Anlauf und knallte mit der Schulter gegen die Tür. Diese krachte, öffnete sich aber nicht.

„Lass mich einmal“, sagte Axel. Doch auch bei ihm sprang die Tür nicht auf.

Albin, der die Taschenlampe hielt, marschierte zu der Tür und drückte die Schnalle herunter. Ein leises Klicken war zu hören, gefolgt von einem schaurigen Quietschen und Knarren.

„Die war ja gar nicht abgesperrt“, staunte Axel.

Neugierig liefen sie näher und Albin leuchtete in den Raum dahinter.

„Oh nein . . .“ Die Enttäuschung war groß. Sie sahen nur eine winzige, leere Kammer.

Plötzlich hörten sie ein lautes Krachen. Der Boden bebte unter ihren Füßen.

„Was ist das?“, kreischten die Zwerge ängstlich auf. Axel und Lilo starrten einander entsetzt an.

Es donnerte erneut und die Wände erzitterten. Sand rieselte von der Decke der Gruft.

„Die Gruft stürzt ein!“, schrie einer der Liliputaner.

Plötzlich war die niedrige Grabkammer mit Staub erfüllt.

Der Lichtkegel der Taschenlampe wurde schnell über die Wände der Gruft geschwenkt. Sie standen noch und wirkten nicht schiefer als vorher.

„Halt! Moment! Leuchte auf den Löwenkopf, Albin!“, rief Lieselotte plötzlich.

Was die fünf Gefangenen nun sahen, ließ sie erstarren. Aus dem Maul des Löwen quoll Rauch!

Wer ist Mister Klick?

Im Hotel bei der Eishöhle war Ruhe eingekehrt. Die Schauspieler, die Techniker und der Regisseur hatten sich auf ihre Zimmer zurückgezogen. Alle waren wütend über den erzwungenen Aufenthalt. Keiner kam auf die Idee, den Abend zu genießen.

Im Frühstückszimmer saßen Dominik und Uschi an einem Tisch und tranken Limonade.

„Du, Uschi?"

„Ja?"

„Du hast doch vorhin mit dem Tal telefoniert?"

Uschi nickte. „Wieso fragst du, Dominik?"

„Weil ich das nicht verstehe. Ich habe mindestens dreißigmal versucht, bei Axels Großmutter anzurufen. Aber die Leitung ist tot. Es tut sich nichts. Ich höre weder ein Freizeichen noch ist besetzt."

„Komisch ... keine Ahnung, was da los ist. Am Telefon hier auf dem Berg liegt es aber nicht. Das ist in Ordnung", meinte Uschi.

Dominik war sicher, dass seine Knickerbocker-Freunde unbedingt von dem seltsamen Klub erfahren mussten.

„Ha ... ich weiß auch, wie!", rief er. „Ich suche die Nummer vom Herrn Schüsselmoser heraus und bitte ihn hinüberzugehen und alles auszurichten."

Uschi horchte auf. „Wie heißt der Mann?"

„Schüsselmoser. Ein alter Fotograf, der sogar einmal in Los Angeles seine Bilder ausgestellt hat!", erzählte Dominik.

Das Mädchen starrte ihn an, als hätte er gerade verkündet, dass der weiße Hai in den Alpen aufgetaucht sei. Dominik verstand das nicht. Hatte er etwas Falsches gesagt? Er war sich keiner Schuld bewusst.

„Dominik", Uschi blickte den Buben fest an, „Dominik, bist du ganz sicher, dass der Mann Schüsselmoser heißt und Fotograf ist? Hat er dir selbst von der Ausstellung in Los Angeles erzählt?"

„Ja!" Dominik war sich der Sache ganz sicher. Was war daran nur so verwunderlich?

„Das ist leider alles nicht möglich!", flüsterte Uschi.

Jetzt war der Knickerbocker an der Reihe, verdutzt zu schauen. „Wieso?"

„Weil Alois Schüsselmoser, der Fotograf, vor genau zwei Jahren in Los Angeles verstorben ist. Er hatte dort gerade eine Ausstellung veranstaltet und plötzlich einen Herzschlag erlitten. Er ist in Amerika beerdigt", erzählte die junge Frau.

„Woher weißt du das so genau?"

„Ich war seine Assistentin und habe alles miterlebt! So bin ich eigentlich in die USA gekommen."

Dominik kam aus dem Staunen nicht mehr heraus. „Aber wer ist dann der Herr Schüsselmoser, dem ich begegnet bin?", wollte er wissen.

Uschi konnte nur mit den Achseln zucken . . .

Eine bedrückende Stille war in der Gruft eingekehrt. Aus dem Maul des steinernen Löwen quollen keine Rauchwolken mehr. Die Luft in dem niedrigen Raum war aber sehr stickig.

„Brüder, wenigstens müssen wir nicht weiter stehlen“, wisperte Nomi den beiden anderen zu.

„Wieso ... wieso ... habt ihr das überhaupt getan?“, fragte Lilo.

„Weil wir immer nur verspottet wurden. Nur weil ihr größer seid, glaubt ihr etwas Besseres zu sein. Alles sollte man euch wegnehmen!“, zischte Edwin.

Nomi beruhigte ihn. „Hör auf so zu sprechen. Du weißt, dass das nicht stimmt. Ihr dürft es Edwin nicht übel nehmen“, wandte er sich an die Knickerbocker-Freunde, „aber er hat Schlimmes im Leben erfahren. Wir drei waren früher auf einem Jahrmarkt beschäftigt. In einem Zirkus. Wir haben eine Clownnummer vorgeführt und waren außerdem als Taschendiebe tätig.“

„Doch haben wir den Leuten nach dem Auftritt alles zurückgegeben!“, fügte Albin hinzu.

„Es war vor genau vier Monaten, da haben wir einen Brief erhalten“, erzählte Nomi weiter. „Von einem Anwalt. Er hat uns benachrichtigt, dass wir von einem entfernten Onkel ein kleines Vermögen geerbt hätten. Wir wurden in seine Kanzlei bestellt. Am 12. Januar um 20 Uhr 30 sollten wir kommen.“

„Wieso so spät?“, wollte Axel wissen.

Albin erklärte es ihm: „Weil alles nur ein Trick war. In der Kanzlei haben wir den Anwalt gefunden. Niedergeschlagen. Der Tresor stand offen und war leer. Als wir uns umgesehen haben, hat es ständig hinter uns geklickt. Schon am nächsten Tag wurden uns Fotos zugeschickt. Sie haben uns neben dem bewusstlosen Rechtsanwalt gezeigt.“

„Und? ... Wozu sollte das gut sein?“, fragte Lilo.

„Das ist doch klar“, meinte Nomi, „wir wurden erpresst. Entweder wir arbeiteten von nun an für einen unbekannten Auftraggeber, der sich Mister Klick nannte ...“

„Oder“, setzte Albin fort, „die Fotos würden an die Polizei weitergeleitet werden.“

Lieselotte hatte verstanden. Die drei Liliputaner wurden also gezwungen zu stehlen. Sie waren ausgezeichnete Taschendiebe, doch sie hatten dieses Talent noch nie für krumme Touren verwendet.

„Mister Klick hat uns dann in diese Gruft bestellt. Wir haben ihn nie zu Gesicht bekommen und immer nur seine Stimme aus dem Lautsprecher gehört. Wir mussten die fliegenden Untertassen abholen und mitnehmen. Es sind genau drei. Amadeus 1, 2 und 3. Die Beute sollten wir unter die Kuppel stecken. Mister Klick hat uns immer genau aufgetragen, wo die UFOs bis zum Start versteckt werden sollten“, berichtete Nomi. „Als Bezahlung erhielten wir ein Drittel des Geldes, das wir den Leuten aus den Taschen zogen.“

„Dieser Mister Klick muss doch auch irgendwie in die Gruft gekommen sein. Er hat bestimmt die UFOs entleert und die Beute abkassiert. Außerdem hat er sicherlich in der Kommandozentrale gearbeitet. Habt ihr ihn nie überrascht oder beobachtet?“

„Nein“, war Albins Antwort. „Nie. Ich bin einmal länger im Garten geblieben und habe ein UFO gesehen, das aus der Luft herabgekommen und direkt auf die Gruft zugeflogen ist. Der Gruftdeckel hat sich geöffnet und das Flugobjekt ist in der Dunkelheit verschwunden. Der Stein ist sofort zugeschwenkt, doch ich habe ihn noch einmal geöffnet und bin in die Grabkammer gelaufen. Das UFO war fort und von Mister Klick keine Spur zu entdecken. Als ich wieder gehen wollte, hat er sich über Lautsprecher gemeldet und schallend gelacht. Ich müsse früher aufstehen, um ihm zu begegnen, hat er gemeint."

Albin musste husten. Der Rauch brannte in seiner Kehle.

„Ich schlage vor, wir schweigen jetzt lieber", sagte Nomi. „Wir müssen sehr sparsam mit unserer Kraft und der Luft umgehen."

Wieder kehrte die drückende, beängstigende Stille in der Gruft ein.

Der Fall ist noch nicht gelöst . . .

Axel knipste die Taschenlampe an und leuchtete auf seine Armbanduhr. Es war bereits Mitternacht.

„Knips sie aus!“, zischte Edwin.

„Jaja, nur keine Aufregung“, knurrte Axel. Die fünf Gefangenen hatten ausgemacht, die Batterien der Lampe zu schonen und im Dunkeln zu sitzen. Im Ernstfall sollten sie Licht haben. Alle hofften noch immer auf ein Wunder, obwohl die Aussichten dafür schlecht standen. Wer sollte sie in der Gruft entdecken? Es wusste niemand, dass sie hier waren. Außerdem kannte keiner den geheimen Mechanismus.

Würde Mister Klick Wort halten und die Gruft nach 48 Stunden öffnen? Gab es bis dahin überhaupt noch genug Sauerstoff in der Grabkammer? Diese und ähnlich düstere Gedanken schwirrten durch die Köpfe von Axel und Lieselotte.

Oma rotiert sicherlich vor Sorge, dachte Axel. Gerade als Nomi laut seufzte, knirschte es über ihren Köpfen. Nach dem Krach und der Erschütterung vor ein paar Stunden waren die drei Liliputaner, Axel und Lilo auf alles gefasst. Besorgt leuchteten sie zur Decke. Stürzte sie ein oder . . .?

Da war das Knirschen noch einmal. Ihm folgte ein lautes Poltern und Donnern.

„Der Gruftdeckel . . . da werkt jemand am Gruftdeckel herum!“, rief Lilo und lief zur Stiege. Sie rannte auf den ersten Treppenabsatz und brüllte aus Leibeskräften: „Hallo! Hallo! Hilfe! Wir sind eingeschlossen!!!“ Ein kühler Lufthauch wehte ihr ins Gesicht. Licht fiel durch einen schmalen Spalt. Lilo erkannte eine Stange, mit der jemand versuchte die schwere Steinplatte zu heben.

„Wir holen euch heraus. Aber geht von da unten weg, falls Steine herabfallen“, rief ein Mann von draußen.

„Wir sind gerettet“, jubelte Lilo. „Sie haben uns gefunden!“

Es waren Polizisten, die den steinernen Gruftdeckel mit Brecheisen und langen Eisenstangen schließlich zur Seite schieben konnten. Der Mechanismus an der Grufteinfassung war zerstört worden und hatte nicht mehr funktioniert.

Axel, Lieselotte und die Liliputaner atmeten gierig die kalte Nachtluft ein.

Die Polizei nahm Albin, Edwin und Nomi vorläufig mit. Die beiden Knickerbocker wurden von Pauline Pomassl in Verwahrung genommen. Sie flößte den Kindern einen Beruhigungstee ein und schickte sie zu Bett.

Der Schock und die Erschöpfung ließen Axel und Lilo bis zum Nachmittag des nächsten Tages tief und fest schlafen.

Poppi und Dominik kamen am Vormittag zurück nach Salzburg. Bei keiner der Seilbahnstützen war Sprengstoff gefunden worden. Es hatte sich also jemand einen schlechten Scherz erlaubt.

„Wieso hat die Polizei eigentlich gewusst, dass sie uns in der Gruft suchen musste?“, fragte Lilo, als sie mit ihren Knickerbocker-Freunden ein ausgiebiges „Nachmittags-Frühstück“ vertilgte.

„Da ich ein schlauer Mensch bin, habe ich vorgesorgt!“, sagte Axel und lächelte überlegen. „Bevor wir zur alten Villa gerannt sind, habe ich einen Zettel geschrieben. ‚Sind in der Gruft im Nachbargarten‘ – hat darauf gestanden. Leider habe ich ihn dann ganz vergessen. Sonst hätte ich mich in der Gruft bestimmt nicht so aufgeregt.“

Nach dem Essen gab es eine Standpauke von Pauline Pomassl, die den beiden älteren Knickerbockern einen Vortrag über ihr unverantwortliches und gefährliches Handeln hielt. Es folgte ein kurzes Gespräch mit einem Kriminalbeamten. Die vier Freunde erzählten ihm alles, was sie wussten. Der Beamte staunte nicht schlecht.

„Doch ab jetzt überlasst ihr die Angelegenheit bitte uns“, sagte er zum Abschluss.

Dominik hatte noch eine Frage. „Was ist mit dem falschen Herrn Schüsselmoser? Wissen Sie schon etwas über ihn?“

Der Mann verneinte. Im Haus gegenüber öffnete niemand und es gab nicht genug Verdachtsmomente und Beweise für eine Durchsuchung.

Kaum hatte der Beamte die Knickerbocker-Bande verlassen, da fasste Axel einen Entschluss.

„Wir müssen einen Blick in das Haus dieses Herrn Schüsselmoser werfen. Ist doch mehr als komisch, dass er sich für einen Toten ausgibt.“

„Aber wie sollen wir das anstellen? Deine Großmutter lässt uns keinen Moment aus den Augen“, warf Lieselotte ein.

Das hatte Axel schon bedacht: „Ich weiß, wer diese Aufgabe übernehmen kann. Gleich heute Abend."

Es war kurz nach 22 Uhr, als der kleine Bus Dominik von den Dreharbeiten beim Salzburger Dom nach Hause brachte. Der Junge stieg aus und marschierte auf das Gartentor von Pauline Pomassl zu. Er tat so, als würde er läuten, berührte die Klingel aber nicht. Dominik wartete nur, bis der Wagen um die Ecke gebogen war. Dann flitzte er über die Straße zum Haus des angeblichen Alois Schüsselmoser. Alle Fenster waren finster. Herr Schüsselmoser – oder wie immer der Mann hieß – war nicht daheim.

Dominik holte tief Luft und drehte den Griff am Gartentor. Es war nicht versperrt. Wohl fühlte sich der Junge in diesem Moment nicht gerade, doch er war ein echter Knickerbocker und der ließ bekanntlich niemals locker . . .

Zaghaft schlich Dominik über den schmalen Kiesweg, der rund um das Haus führte. Er hielt nach einem offenen Fenster Ausschau, hatte aber wenig Glück. Weder an der Straßenseite noch an der Ostwand oder an der Gartenfront stand ein Fenster offen.

Es war zum Verzweifeln. Dominik lief nun an der westlichen Mauer entlang zurück zur Straße. Plötzlich blieb er stehen. Direkt über dem Boden entdeckte er eine Holztür, die aus zwei Flügeln bestand.

Er kniete sich nieder und zog an den Metallgriffen.

Die Luke ließ sich öffnen. Schnell holte Dominik seine Taschenlampe aus der Jackentasche, knipste sie an und leuchtete in den dunklen Schacht.

Dahinter befand sich eine Rutsche, die in den Kohlenkeller führte. Er schlüpfte hinein und glitt hinab.

Die Rutschpartie endete auf einem Kohlenberg. Der Junior-Detektiv sprang herunter, beutelte den schwarzen Staub aus seinen Kleidern und schlich dann zaghaft weiter.

Hinter dem Kohlenkeller befand sich ein winziger Vorraum, der zu einer Treppe führte. Dominik wollte schon hinauf ins Erdgeschoss steigen, als ihm ein Schlüssel in der Wand neben der Stiege auffiel. Er griff danach und drehte ihn um. Unter leisem Quietschen öffnete sich eine Tapetentür. Wäre der Schlüssel nicht da gewesen, hätte sie der Junge sicherlich nicht bemerkt.

Er ließ den Strahl der Taschenlampe in den niedrigen Raum fallen, der sich hinter der Geheimtür befand. Es war ein schmaler Gang, der ins Erdreich gegraben und mit Holzlatten und Pflöcken abgestützt war.

Dominik setzte Fuß vor Fuß. Meter für Meter tastete er sich weiter vor. In dem unterirdischen Tunnel war es feucht und der Boden war glitschig. Er musste aufpassen, dass er nicht ausrutschte.

Nach einer leichten Biegung war der Gang zu Ende. An dieser Stelle war er offensichtlich eingestürzt. Zerbrochene Bretter und Balken, Steine und Erdreich versperrten dem Jungen den Weg.

Dieser Gang könnte doch unter Umständen bis in die Gruft geführt haben, schoss es Dominik durch den Kopf.

Während er so grübelte, fiel ihm plötzlich auf, was das bedeutete. Dann war ja der falsche Herr Schüsselmoser ziemlich sicher Mister Klick!

Den Knickerbocker hatte nun das Spürfieber gepackt. Er musste mehr über diesen mysteriösen Mann herausfinden. Hastig lief er den Gang zurück, schloss die Tapetentür wieder und stieg die Treppe hinauf. Von seinem ersten Besuch bei dem Fotografen kannte er sich im Haus ein bisschen aus.

Leise öffnete er die Türen zur Küche, zum Wohnzimmer mit den vielen Bildern an den Wänden und zum Klo.

Eine weitere Stiege führte in den ersten Stock. Dominiks Knie waren weich wie Butter, als er Stufe für Stufe hinaufging. Immer wieder blieb er stehen und lauschte. War ein Geräusch zu hören? Rührte sich etwas im Haus?

Doch es war nichts zu hören.

Im oberen Stockwerk befanden sich nur drei Türen. Die eine führte in ein Badezimmer. Besonderes war dort nicht zu sehen. Also drückte Dominik die Klinke der zweiten Tür hinunter. Er leuchtete in das Zimmer und erschrak.

Vor ihm standen Köpfe ... Köpfe ohne Augen, Nase und Mund. Die Gesicher unter den Haaren waren leer. Keuchend lehnte er sich gegen den Türrahmen und versuchte sich zu beruhigen.

Noch einmal ließ er den Strahl der Taschenlampe ins Zimmer fallen. Nun – auf den zweiten Blick – erkannte er, was ihm da Angst eingejagt hatte.

Es handelte sich um Perückenköpfe, auf denen Haarteile und Schnurrbärte befestigt waren.

Hier sieht es ja aus wie bei einem Maskenbildner, fiel Dominik ein. Auf einem Tisch neben den Perücken sah er nämlich außerdem verschiedene Schminkfarben, falsche Nasen und künstliche Backen, die mit Gummimilch im Gesicht befestigt werden und einen Menschen sehr verändern können.

Beim Fenster stand auf einer kleinen Kommode das Telefon. Zahlreiche Zettel lagen rundherum verstreut. Auf einem davon waren mehrere Telefonnummern hingekritzelt. Einige hatte jemand wieder durchgestrichen. Andere waren dick eingeringelt. Mühsam konnte Dominik die Namen entziffern, die daneben standen.

„Wahnwitz . . . ich glaub, mich zwickt ein Leguan!“, stieß er plötzlich hervor. Er steckte den Zettel in seine Hosentasche und wollte das Zimmer schnellstens wieder verlassen. Als er die Tür erreicht hatte, zerriss ein schriller, hoher Schrei die Stille.

Dominik erschrak fürchterlich. Seine Hände zitterten und er hatte nur noch einen Gedanken: hinaus, hinaus, hinaus!

Polternd raste er die Treppe hinunter und wirbelte um die Ecke. Er war schon fast beim Kellerabgang, als sich plötzlich eine Gestalt aus der Dunkelheit löste und ihm den Weg versperrte. Der Junge schrie aus Leibeskräften. Sofort presste sich eine Hand auf seinen Mund.

Dominik schaute auf und blickte in das Gesicht eines jungen, dunkelhaarigen Mannes.

„Warum habt ihr meine Mahnungen nicht ernst genommen?“, murmelte er kopfschüttelnd. „War euch die Sache gestern nicht Warnung genug?“

Dominik biss den Mann in die Hand. „Autsch!" Er zuckte zurück und schüttelte die Hand. Die Flucht gelang dem Jungen aber trotzdem nicht. Der Unbekannte fing ihn sofort wieder ein und hielt ihn fest.

„Wer sind Sie? Was wollen Sie?", stieß Dominik hervor. „Und wer hat da so geschrien?"

„Das wirst du gleich sehen, denn du darfst jetzt sogar seinen Käfig beziehen. Wenn mir auch der große Schlag nicht gelungen ist, meine Beute ist fett genug, um mich abzusetzen. Bis man dich findet, bin ich in Sicherheit."

Obwohl sich Dominik wehrte, zerrte ihn der Mann die Treppe hinauf. Er holte einen Schlüssel aus der Tasche und sperrte die dritte Tür auf.

Kreischend flog eine kleine Gestalt aus der Dunkelheit heraus und griff mit langen, dürren Fingern nach dem Jungen.

„Weg ... runter ... Was ist das?", rief er.

„Das ist Fredo. Du kennst ihn. Er hat mit großer Freude deine Mozartkugel gefressen."

„Fredo?" Nun erinnerte sich Dominik. „Der Affe des Drehorgelspielers ... Woher haben Sie ihn?"

Statt eine Antwort zu geben, kicherte der Mann nur laut. Er nahm den Affen wie ein Baby auf den Arm und stieß Dominik in das dunkle Zimmer. Die Tür wurde zugeschlagen und versperrt. Zu seinem großen Entsetzen erkannte der Knickerbocker, dass er sich in einem fensterlosen Raum befand.

Er tappte zur Tür und lauschte. Der Mann ging die Treppe hinunter und öffnete die Haustür.

„Guten Abend, wir hätten Sie gerne gesprochen", hörte er eine andere Stimme sagen.

Die Tür knallte zu.

„Aufmachen! Polizei!“, rief die Stimme von draußen.

Axel und Lilo haben die Polizei verständigt, weil ich zu lange im Haus geblieben bin, schoss es Dominik durch den Kopf.

Es polterte im Erdgeschoss. Der Mann raste durch die Zimmer. Ein Fenster wurde eingeschlagen. Mehrere Leute riefen durcheinander. Der Affe stieß wieder einen schrillen Schrei aus.

Dann herrschte Stille.

Dominik trommelte mit beiden Fäusten gegen die Tür. „Hallo! Ich bin hier oben! Ich will heraus!“

Pauline Pomassl spricht ein Machtwort

Zwei Tage später waren alle versammelt. Pauline Pomassl, ihre Tochter – Axels Mutter –, Kommissar Keller, der den Fall bearbeitete, und die Knickerbocker-Bande.

„Ich muss euch wirklich gratulieren“, sagte der Kriminalbeamte zu den Kindern, „ihr habt einen Stich ins Wespennest getan. Durch eure Beobachtungen und Entdeckungen ist es uns gelungen, einen Gauner zu fassen, der seit drei Jahren von der Polizei gesucht wird.“

„Den falschen Herrn Schüsselmoser!“, erklärte Axel seiner Mutter.

„Nein, den Drehorgelspieler!“, meinte Lilo.

„Auf jeden Fall den Chef der Taschendiebbande!“, sagte Dominik.

Poppi schaute ihre Freunde fragend an. „Also wen jetzt?“

„Alle drei!“, lautete die Antwort von Kommissar Keller. „Der Mann heißt in Wirklichkeit Eduard Wildinger. Er ist ein entfernter Großneffe des verstorbenen Alois Schüsselmoser und hat sowohl sein Haus als auch sein Vermögen geerbt. Eduard Wildinger hat zahlreiche kleine Einbrüche begangen. Auf sein Konto gehen auch Scheckbetrügereien und eine Erpressung. Als er von dem plötzlichen Tod seines Onkels erfuhr, flog er nach Amerika und ließ Herrn Schüsselmoser dort beerdigen. Dabei hörte er, dass Uschi Siebert die Absicht hatte, in Los Angeles zu bleiben. Das brachte ihn auf eine Idee: Sein Onkel war ein Einzelgänger gewesen, der sehr zurückgezogen gelebt hatte ..."

„Das stimmt", bestätigte Frau Pomassl, „ich habe ihn kaum je gesehen und nur wenige Worte mit ihm gewechselt."

„Eduard Wildinger ist ein überaus gerissener Gauner. Er wusste, es war höchste Zeit für ihn unterzutauchen. So fasste er folgenden Plan: Er wollte nach Österreich zurückkommen, aber als Alois Schüsselmoser, dessen Tod hier nicht bekannt werden sollte. Um seinem Onkel ähnlich zu sehen, ließ er sich von einem Maskenbildner in Hollywood ein entsprechendes Gesicht und die dazu passende Perücke anfertigen. Damit zeigte er sich ab und zu auf der Straße. Mit Vorliebe am Abend, damit keinem der Trick auffiel. Für alle war damit klar, mit wem sie es zu tun hatten."

Axels Mutter staunte. „Darauf muss man kommen", meinte sie.

„Die Idee mit den Taschendieben und den UFOs war aber auch nicht übel", sagte Lieselotte.

„Herr Wildinger konnte nicht genug bekommen. Die Ersparnisse seines Onkels waren ihm zu wenig. In den USA hat er dann diese ferngesteuerten Flugobjekte entdeckt. Der extrastarke Empfänger und Sender und die für ihre Größe unglaublich kräftigen Motoren waren die Entwicklung eines Modellbau-Fanatikers. Unter dem Dach der alten Villa befindet sich übrigens eine großartige Sendeanlage, die von der Gruft aus gesteuert werden konnte. In ganz Salzburg hat Wildinger überdies auf zahlreichen Dachböden Sendeanlagen installiert, die den UFO-Modellen durch Signale die Flugbahn anzeigten. Gestartet hat die UFOs übrigens der Drehorgelspieler. In seinen Leierkasten war das Gerät dazu eingebaut."

„Der Drehorgelspieler war aber auch kein anderer als Eduard Wildinger in einer anderen Maske", setzte der Kommissar fort.

„Ich habe erkannt, dass etwas mit ihm nicht stimmt", erzählte Lieselotte. „Bei unserer ersten Begegnung hatte der Mann nämlich keinen Bart. Im Schlosspark Hellbrunn aber schon. Doch in drei Tagen wächst keinem Menschen ein Bart. Leider ist mir das erst sehr spät eingefallen . . ."

Dominik schlug sich mit der Hand auf den Kopf. „Ich Schaf! Ich habe Herrn Schüsselmoser vor der Abfahrt in die Eishöhle noch alles verraten. Deshalb die Bombendrohung. Die kam bestimmt von ihm, um uns festzuhalten. Damit wir niemandem etwas verraten können!"

„Davon bin ich ziemlich überzeugt!", bestätigte der Kriminalbeamte Dominiks Verdacht. „Er war es auch, der die Telefonleitung durchgeschnitten hat. Wildinger wollte euch vier zum Schweigen bringen, um den Hauptteil seines Planes durchzuführen. Allerdings waren die meisten seiner Aktionen falsch und nur als Kurzschlussreaktionen zu bezeichnen."

„Was ist eigentlich mit dem Gang in seinem Keller?", wollte Dominik wissen.

„Der führt tatsächlich in die Gruft. Genau zu der Wand mit dem Löwenkopf. Im Maul kann ein kleiner Stein weggenommen werden, um in die Gruft zu spähen. Ein Teil der Mauer lässt sich wie ein Tor öffnen. Diese Gruft war vor mehr als hundert Jahren der geheime Treffpunkt eines Spionagerings!"

Lieselotte schaute Axel triumphierend an. „Ich habe mich also doch nicht getäuscht. Es waren wirklich Augen im Maul des Löwen!"

„Damit aber keine Spur auf ihn hindeutete, wenn man die Gruft entdeckt, hat Eduard Wildinger den Gang damals in der Nacht gesprengt. Daher der Rauch in der Gruft. Herr Wildinger hatte nur noch einen Gedanken im Kopf. Es ging dabei um sehr viel Geld, das er schon fast verloren sah . . ."

Poppi hatte nun auch eine Frage: „Aber was ist mit diesem komischen Schauspieler und dem Regisseur? Was haben die mit der Villa zu tun gehabt?"

„Und dieser Spuk auf meinem Dachboden? Gibt es für den auch eine Erklärung?", wollte Pauline Pomassl wissen.

„Natürlich", sagte Kommissar Keller. „Dazu wollte ich gerade kommen. Wildinger hat bereits alles gestanden. In der Maske des Drehorgelspielers belauschte er durch Zufall Tim Treeday und Gregory Widderlos auf der Straße. Die beiden haben einen Spaziergang durch Salzburg unternommen und sich über UFOs unterhalten. Dieser Wildinger hat bald eine Antwort für ihr großes Interesse an Raumschiffen herausgefunden . . ."

„Die Mitgliedschaft im Klub ‚Willkommen auf der Erde'!", unterbrach Dominik.

„Genau! Treeday und Widderlos haben erwähnt, dass sie vor allem wissen wollten, wo die meisten fliegenden Untertassen in Salzburg gesichtet wurden. Wildinger hat sie angerufen und es ihnen gesagt. Das wissen wir aus den Notizen bei seinem Telefon. Er hat behauptet, die Außerirdischen hätten den Garten um die alte Villa als bevorzugten Landeplatz gewählt. Zum Beweis bestellte er die beiden Männer eines Nachts hin und ließ eines seiner ferngesteuerten Modelle vom Himmel sausen. Ausnahmsweise sogar beleuchtet."

Pauline Pomassl horchte auf. „Das habe ich beobachtet!", rief sie.

„Ja, gnädige Frau, durchaus möglich. Jedenfalls waren die beiden UFO-Fans wild auf die alte Villa und auf Ihr Haus. Sie wollten auf den beiden Grundstücken eine Landebahn für Außerirdische bauen lassen. Die alte Villa hatte Wildinger bereits vor längerer Zeit erstanden, als er im Haus seines Onkels den Geheimgang in die Gruft gefunden hatte. Nun musste er aber noch an Ihr Anwesen kommen. Und um Sie möglichst schnell zu vertreiben, hat er es spuken lassen. Sein Affe war ihm dabei sehr behilflich. Er ist auf Ihren Dachboden gekrochen und hat dort getobt."

„Ihn hast du damals in der Nacht gesehen!", erklärte Axel seiner Großmutter. „Das war das ‚grüne Gesicht'!"

Dazu wusste Lieselotte auch noch etwas: „Fredo hat auch die Schreie ausgestoßen, die uns in der Gruft so erschreckt haben. Er hat sein Herrchen wahrscheinlich in den Geheimgang begleitet und plötzlich losgekreischt!"

Der Affe war übrigens sofort nach Eduard Wildingers Festnahme in den Tiergarten Hellbrunn gebracht worden, wo er es sicherlich besser hatte als in dem dunklen Zimmer im Haus.

„Wildinger wollte Ihr Grundstück möglichst billig erstehen, um es dem Schauspieler Gregory Widderlos dann äußerst teuer zu verkaufen. In seinem UFO-Wahn ist dieser bereit, jeden Preis zu bezahlen. Außerdem weiß er ohnehin nicht, wohin mit dem vielen Geld . . .“, schloss der Kommissar seinen Bericht.

Pauline Pomassl schüttelte den Kopf. „Manchmal kommt man aus dem Wundern gar nicht mehr heraus. Ehrlich gesagt, ohne Axel und die Knickerbocker-Bande wäre ich auf diesen Trick unter Umständen hereingefallen. Aber ich bin es nicht und Hauptsache, der Spuk ist vorbei . . .“

„Uns wird direkt langweilig werden“, meinte Axel. „Wir haben noch vier Tage Ferien. Was sollen wir da unternehmen?“

Seine Großmutter stand auf und sagte energisch: „Wir fahren weg. Und zwar an einen Ort, wo ihr nicht über euren nächsten ‚Fall‘ stolpert. Ich schlage den Großglockner vor oder Bad Gastein, dort kann ich gleich kuren!“

„Nein, ich will in den Nationalpark Hohe Tauern. Da sind wieder Bartgeier ausgesetzt worden. Die will ich sehen!“, schrie Poppi.

Axels Mutter meldete sich nun auch zu Wort: „Ich schlage eine Wanderung durch die Kitzloch-Klamm vor. Dort kann wirklich nichts geschehen!“

„Glaubst du“, lachte Axel, „aber vielleicht finden wir einen Schatz, den Bankräuber dort versteckt haben . . .“

„Oder einen entflogenen Papagei, der ein großes Geheimnis ausplappern kann . . .“, grinste Lilo.

„Schluss, aus, Punktum!“, rief Pauline Pomassl.

„Hugh, Oma hat gesprochen!“, meinte Axel und zwinkerte seinen Knickerbocker-Freunden zu.

Sie würden schon irgendwie, irgendwann ins nächste Abenteuer stolpern. Dessen waren sie sicher . . .

KNICKERBOCKER-SONG

C: Klaus Back/Tini Beier
T: Thomas Brezina

2. Habt ihr ein Problem, dann nehmt ganz bequem das Telefon zu Hande.
Wenn es bei euch spukt und der Eisschrank ruckt, ruft die Knickerbocker-Bande.

Satz&Layout: Gerhard Krammer

VON NULL AUF LESERATTE- MIT BÜCHERN VON THOMAS BREZINA

MEINE KNICKER-BOCKER-BANDEN-CHECKLISTE

1 Rätsel um das Schneemonster
2 Ein Ufo namens Amadeus
3 Lindwurmspuk vor Mitternacht
4 Wenn die Turmuhr 13 schlägt
5 Bodenseepiraten auf der Spur
6 Das Phantom der Schule
7 Die Tonne mit dem Totenkopf
8 Wo ist der Millionenstorch?
9 Treffpunkt Schauermühle
10 Der Fluch des Schwarzen Ritters
11 Die Nacht der Weißwurst-Vampire
12 Schokolade des Schreckens
13 Der Ruf des Gruselkuckucks
14 Jagd auf den Hafenhai
15 Das Zombischwert des Sultans
16 SOS vom Geisterschiff
17 Die Rache der Roten Mumie
18 Kolumbus und die Killerkarpfen
19 Die Gruft des Barons Pizza
20 Insel der Ungeheuer
21 Frankensteins Wolkenkratzer
22 Der tätowierte Elefant
23 Die Drachen-Dschunke
24 Der weiße Gorilla
25 Der Grüne Glöckner
26 Im Dschungel verschollen
27 Im Tal der Donnerechsen
28 Titanic, bitte melden
29 Der Eiskalte Troll
30 Im Reich des Geisterzaren
31 Der Bumerang des Bösen
32 Kennwort Giftkralle
33 Das Riff der Teufelsrochen
34 Das Geheimnis der gelben Kapuzen
35 Der Geisterreiter
36 Im Wald der Werwölfe
37 Die giftgelbe Geige
38 Das Haus der Höllensalamander
39 Das Biest im Moor
40 Die Maske mit glühenden Augen

Das sprechende Grab (Das Buch zum Film)

RATEKRIMIS

1 99 heiße Spuren
2 Neue heiße Spuren
3 Superheiße Spuren
4 Heiße Spuren für Meisterdetektive
5 Bleib auf der heißen Spur
Das Geheimbuch für Juniordetektive

MINIKRIMI

Die Karate-Gummibären
Der Torten-Dracula von Wien

MINIKRIMIS *in English*

1 Who is Robin Horror?
2 Horror in Holywood
3 Alice in Horrorland
4 Welcome to Horror Hotel
5 Where is Dr. Horror?
6 The Horror Diamond
The Cake Dracula of Vienna

hpt breitschopf

THOMAS BREZINA
Die Knickerbocker-Bande
bei OMNIBUS

Die Knickerbocker-Bande, das sind: der 13jährige Axel (klein, aber eine Sport-Kanone), die gleichaltrige Lilo (Ski-As und Krimi-Fan), die 9jährige Poppi (Besitzerin eines Mini-Zoos) und der 10jährige Dominik (Leseratte und der Einstein der Bande). Die vier sind nicht nur gute Freunde, sondern auch Junior-Detektive, die viele Fälle in aller Welt gelöst haben. Ihr Motto: Vier Knickerbocker lassen niemals locker!

Band 1 OMNIBUS Nr. 20113
Die Nacht der Weißwurst-Vampire

Band 2 OMNIBUS Nr. 20123
Der Ruf des Grusel-Kuckucks

Band 3 OMNIBUS Nr. 20111
Ein Ufo namens Amadeus

Band 4 OMNIBUS Nr. 20124
Bodensee-Piraten auf der Spur

Band 5 OMNIBUS Nr. 20125
Treffpunkt Schauermühle

Band 6 OMNIBUS Nr. 20112
Die Tonne mit dem Totenkopf

Band 7 OMNIBUS Nr. 20209
Rätsel um das Schneemonster

Band 8 OMNIBUS Nr. 20110
Wenn die Turmuhr 13 schlägt

Band 9 OMNIBUS Nr. 20131
Das Zombie-Schwert des Sultans

Band 10 OMNIBUS Nr. 20132
SOS vom Geisterschiff

Band 11 OMNIBUS Nr. 20133
Lindwurmspuk vor Mitternacht

Band 12 OMNIBUS Nr. 20134
Wo ist der Millionenstorch?

Band 13 OMNIBUS Nr. 20221
Kolumbus und die Killerkarpfen

Band 14 OMNIBUS Nr. 20222
Jagd auf den Hafenhai

OMNIBUS

Der Taschenbuchverlag für Kinder und Jugendliche
von C. Bertelsmann